S

David Albahari
Heute ist Mittwoch

Roman

Aus dem Serbischen
von Mirjana und Klaus Wittmann

Schöffling & Co.

Der Verlag dankt dem Ministerium für Kultur der Republik Serbien
für die freundliche Förderung der Übersetzung des Buches.

Република Србија
Министарство културе, информисања
и информационог друштва

Deutsche Erstausgabe

Erste Auflage 2020

Originaltitel: *Danas je sreda*
Originalverlag: Čarobna knjiga, Belgrad 2017

Satz: Fotosatz Amann, Memmingen
Druck & Bindung: Pustet, Regensburg
ISBN 978-3-89561-429-3

www.schoeffling.de
www.davidalbahari.com

Heute ist Mittwoch

Heute ist Mittwoch, der zwölfte Juni, sieben Uhr morgens. Ich liege vollständig angezogen auf dem Bett und lausche den Geräuschen aus dem Nebenzimmer. Dort ist mein Vater. Mein Vater hat die Parkinson'sche Krankheit. Tausendmal habe ich ihm gesagt, er solle sich beim Anziehen der Unterwäsche hinsetzen, und er hat tausendmal versprochen, es zu tun. Das hat er natürlich tausendmal nicht getan, und ich traf ihn dann am Boden liegend an, hilflos und wütend, als sei ich an seinem Zustand schuld. Wie auch immer, wenn das geschieht, schweigt er trotzig und wartet darauf, dass ich ihn finde. Nie gibt er zu, selbst schuld zu sein, vielmehr behauptet er, alles sei die Folge uns noch unbekannter kosmischer Kräfte. Nichts wirkt lächerlicher, als wenn ein nackter, beleibter alter Mann mit in einer verblichenen Unterhose verhedderten Beinen großspurig das Schicksal des Weltalls erklärt und schaukelt, strampelt und vergebliche Verrenkungen macht beim Versuch, sich umzudrehen und seiner Tirade mehr Ernst zu verleihen. Am Ende ergibt er sich und überlässt sich meinen Händen und Ratschlägen, aber ich weiß, dass ihm, sobald er wieder auf den Beinen ist, jedes Mittel recht sein wird, um meine Hilfe als unbedeutend abzutun.

»Helfen Sie ihm ruhig«, sagt mir sein Arzt, ein Neurologe, »geben Sie nichts auf seine Kommentare. Das ist nur seine etwas sonderbare Art, Dank auszudrücken. Machen Sie sich deswegen keine Sorgen.«

»Warum sollte ich mir Sorgen machen«, sage ich, »das würde doch jeder für seinen Vater tun!«

Das Erstaunen des Neurologen ist echt. »Mann, wo leben Sie denn? Ich könnte Ihnen Geschichten erzählen, dass Ihnen die Haare zu Berge stehen!«

»Ich weiß nicht, welche Geschichten Sie meinen«, sage ich, »aber da Sie das Stehen der Haare erwähnen, fällt mir ein, worum ich Sie auf Wunsch meines Vaters bitten soll.«

»Worum«, fragt der Neurologe vorsichtig.

»Um ein Rezept für Viagra«, sage ich ihm.

»Ein Rezept für Viagra«, wiederholt der Neurologe, als seien das Worte einer Fremdsprache, die er gerade dabei ist zu lernen. Dann wendet er sich zur Tür des Nebenraums, wo meinem Vater Blut- und Urinproben entnommen werden, und sagt leise: »Ich wusste nicht, dass er noch sexuell aktiv ist! Warum hat man mir das bisher nicht gesagt?«

»Er schämt sich«, antworte ich. »Er schämt sich einer solchen Situation.«

»Unsinn«, sagt der Neurologe, »in seinem Alter ist das auch ohne die Parkinsonkrankheit eine ganz normale Erscheinung.«

»Es gibt da noch etwas«, füge ich hinzu und neige mich vertraulich zum Neurologen, »aber Sie dürfen ihm nicht sagen, dass Sie es von mir erfahren haben. Er findet großen Gefallen an Ihrer Nadica.«

Der Neurologe ist verwirrt. »Meine Nadica, wer soll das sein? Ich verstehe nicht.«

»Das ist doch die Krankenschwester auf Ihrer Station«, erkläre ich. »Sie heißt Nadežda, aber er nennt sie seine Nadica.«

Der Neurologe reibt sich die Stirn. »Natürlich«, sagt er. »Nadežda, Nada, Nadica. Ganz logisch.« Dann weiten sich auf einmal seine Augen. »Aber sie ist jetzt gerade mit ihm dort hinten und bereitet ihn auf die Laborproben vor ...«

Da sehe ich die beiden sich schon langsam der offenen Tür des Untersuchungszimmers nähern und flüstere dem Neurologen schnell zu, er solle meinem Vater gegenüber nichts erwähnen, drehe mich dann zu Vater und sage, ich hätte den Arzt nach dem Medikament gefragt, das ihn interessiere. »Er muss sich noch näher erkundigen, dann meldet er sich.«

In der Tat meldet er sich am Freitag, genau um Mittag, wenn Vater und ich meist an der Donau spazieren gehen. Läse ich auf dem Display meines Handys nicht seinen Namen – Dr. Stanković – würde ich ihn an seiner Stimme nie erkennen. Er klingt wie ein Greis, als sei er noch älter als mein Vater, obwohl er sogar jünger ist als ich. Wenn meine Rechnung stimmt, muss Dr. Stanković fast ein Vierteljahrhundert jünger sein als mein Vater, während der Altersunterschied zu mir wesentlich kleiner ist, nur etwa vier Jahre. Als mein Vater einmal von diesem kleinen Altersunterschied erfuhr, schäumte er vor Wut. »Da siehst du«, zeterte er, »was mit gutem Willen und hartnäckigem Einsatz zu erreichen ist? Du bist noch nicht mal mit deinem Studium fertig und er ist schon ein angesehener Arzt und Universitätsprofessor! Was habe ich dem lieben Gott bloß angetan, dass er mich mit einem Sohn wie dir straft?«

Gott ist in Vaters Vokabular ein Novum. Ich erinnere mich an die Zeiten, als man vor ihm nicht einmal den Buchstaben »G« aussprechen durfte, was meine Mutter, die Gott für alles und jedes beschuldigte, große Überwindung kostete. Bis heute ist mir nicht klar, wie meine Eltern überhaupt zueinanderfanden, und die Tatsache, dass sie am Ende auch noch die Ehe eingegangen sind, schien mir schon immer ganz und gar unbegreiflich. Es gab zwar eine Geschichte darüber, dass meine Mutter – damals noch eine Zöpfe tragende Göre – mit einer Bitte zu meinem Vater kam, der damals das Komitee zur Feststellung persönlicher und gesellschaftlicher Verantwortung leitete und damit einer der mächtigsten Männer der lokalen Parteiorganisation war, dass also meine Mutter, meine *spätere* Mutter, den Mut aufbrachte, ein solch hohes Tier um Gnade für ihren Vater zu bitten, einen örtlichen Obst- und Gemüsehändler, der der Kollaboration mit Staatsfeinden angeklagt war, weil er ihnen erlaubte, Lebensmittel in seinem Laden einzukaufen. Nachdem sie erlebt hatte, wie es Einwohnern ihres kleinen Ortes ergangen war, die wegen ähnlicher Übertretungen angeklagt waren, beschloss meine spätere Mutter, sich direkt an den Mann im Zentrum der Macht zu wenden, und schaffte es irgendwie, an seine Tür zu klopfen. Diese Kühnheit hätte ihr jedoch wenig genützt, wäre mein späterer Vater nach eigenem Geständnis nicht auf die Zöpfe fixiert gewesen. Es ist nicht bekannt, woher, von welchen Problemen in seiner Kindheit seine Abneigung gegen Zöpfe herrührte, aber wenn er einem Mädchen mit Zöpfen begegnete, ließ er ihm jedenfalls keine Wahl. »Die Zöpfe ab«, pflegte er dann mit strenger Stimme zu sagen, »oder die Hose runter.« Als er jedoch meine spätere Mutter vor dieses Dilemma stellte, erwiderte sie trotzig: »Die Zöpfe gebe ich nicht her und eine Unterhose habe ich nicht an!« Mein späterer Vater war dermaßen überrascht, dass seine Knie zu zittern begannen und sein Herz wild schlug, er wurde blass und erreichte torkelnd und nur mit Mühe seinen Stuhl hinter dem Schreibtisch. Ohne zu zögern holte meine spätere Mutter ein Glas Wasser, feuchtete ein Taschentuch an und legte es meinem späteren Vater auf die Stirn. Er stieß einen tiefen Seufzer aus, öffnete die Augen und fragte: »Und wo steckt jetzt deine Unterhose?« »Auf der Wäscheleine hinter unserem Haus«, sagte sie, »erst heute Morgen fiel mir ein, dass ich sie nicht gewaschen hatte, und jetzt ist sie noch nicht trocken. Wenn man zum Arzt geht oder zum Rathaus, muss man eine saubere Unterhose haben. Sie sollte wegen der Ansteckungsgefahr nicht schmutzig und wegen der Gefahr einer Erkältung nicht feucht sein.« Mein späterer Vater war baff. »Was für eine Erkältung denn«, fragte er, »was erzählst du da?« »Wieso?«, sagte meine spätere Mutter, »Jenes unten kann sich erkälten so wie alles andere auch.« Er aber fragte: »Welches unten?« Sie erwiderte: »Jenes.« Und er: »Welches denn?« Sie: »Eben jenes.« Darauf er: »Welches?« Und sie: »Wieso welches?« Und so, Wort für Wort, wie Mutter einmal erzählte, kamen sie sich näher als irgendjemand sonst auf der Welt, und als sie eine Stunde später das Gebäude des Komitees verließ, waren sie alle auf der sicheren Seite, ihr Vater und sie und auch die Goldstücke, die in einer wasserdichten Tüte unter dem Nussbaum vergraben waren.

Ich weiß nicht, wie Viagra auf meinen Vater wirken wird, bei mir weckt es sofort eine Menge Erinnerungen. Also höre ich Dr. Stanković aufmerksam zu, um meinem Vater seine Worte möglichst vollständig wiedergeben zu können. Zu dieser Zeit pflegt mein Vater Freundschaft mit den Zemuner Möwen. Tag für Tag bringt er ihnen altes, trockenes Brot, und zwar immer ungefähr zur gleichen Stunde wie heute – um Mittag herum –, sie merken sich das und kreischen wie verrückt, sobald er an das Donauufer tritt. Zuerst fliegen sie hoch und kommen dann im Sturzflug zu ihm herunter. Das ist ein Zeichen der Dankbarkeit, wie ich in einem Buch über das Verhalten der Vögel gelesen habe, aber diese Information genügt nicht, mir meine Besorgnis zu nehmen, denn die Möwen erinnern mich dabei unweigerlich an die Szenen aus Hitchcocks *Die Vögel*. Schon viermal haben sie ihm im Tiefflug die Mütze vom Kopf gestohlen: zweimal den schwarzen Hut, einmal die gestrickte Mütze und einmal die Schirmmütze. Heute ist er barhäuptig, und die Vögel reißen sich nur um das Brot und kreischen, als sollte die ganze Stadt sie hören. Als das Brot alle ist, kehrt Vater zufrieden zurück und setzt sich neben mich auf die Bank. Sofort fragt er: »Was hat er gesagt?«

Obwohl ich weiß, wen er meint, stelle ich mich dumm und antworte mit der Gegenfrage: »Wer?«

»Was heißt, wer?«, ärgert sich Vater. »Natürlich unser Arzt, der Doktor Stanković!«

»Seit wann ist er auch mein Arzt«, sage ich, »meiner ist Doktor Jelić vom Gesundheitszentrum.«

Die Hände meines Vaters beginnen zu zittern, sein Gesicht verzerrt sich zu einer grotesken Maske. Offensichtlich habe ich übertrieben, oder er befürchtet vielmehr, der Doktor habe seine Bitte abgeschlagen. Ich beruhige ihn und teile ihm mit, was *sein* Arzt wirklich gesagt hat. Er hat gesagt, sage ich, dass er sich mehrere ernsthafte Studien angeschaut hat, die alle zu der gleichen Feststellung kommen, an Parkinson Erkrankte könnten sie bedenkenlos nehmen. Die Ausnahme bildeten natürlich Personen mit hohem Blutdruck, die sie sowieso, ob mit der Krankheit oder ohne sie, nicht einnehmen dürften.

Vater klatscht in die Hände, freut sich wie ein Kind, das soeben erfahren hat, es bekomme zum Geburtstag sein heißersehntes Spielzeug, dann wird er plötzlich ernst, packt mich am rechten Handgelenk und fragt, wann er das Rezept bekomme.

»Du brauchst kein Rezept«, sage ich, »du kannst es in jeder Apotheke kaufen.«

Prompt denkt er natürlich nicht mehr an unseren Spaziergang. Stattdessen fragt er: »Wo ist die nächste Apotheke?«

Sie ist nicht weit von der Uferpromenade. Wir betreten sie wie von schlechtem Gewissen geplagt. Zuvor haben wir darüber diskutiert, wer von uns beiden die Apothekerin ansprechen solle. Vater beteuerte, er werde es tun, aber jetzt, da wir drin sind, schaltet er einfach auf stumm, und mir bleibt keine Wahl. Ich trage also der Apothekerin unseren Wunsch vor. Mit ungerührter Miene bückt sie sich und beginnt in irgendwelchen Schubladen zu kramen. Nachdem sie mehrere auf- und zugemacht hat, sagt sie schließlich, sie habe nur eine 100-mg-Packung da. »Aber«, sagt sie, jetzt wieder voll aufgerichtet, »für wen soll die eigentlich sein?«

Ihr Blick ist streng und wir trauen uns nicht zu antworten. Vater starrt vor sich auf den Fußboden, er wird rot im Gesicht.

Die Apothekerin fasst das als Antwort auf und wendet sich an mich. »Hat er«, fragt sie, »Probleme mit Bluthochdruck?«

»Soviel ich weiß«, sage ich, »nein.«

»Nein, nein«, bestätigt mein Vater, »die habe ich auch nie gehabt.«

Die Apothekerin verlangt dennoch von ihm, mit dem Gerät der Apotheke seinen Blutdruck zu messen. Als sie das Ergebnis sieht, klopft sie meinem Vater auf die Schulter. »Bravo«, sagt sie, »Sie sind ja noch ein junger Spund.«

So bekommen wir endlich in einem Tütchen aus undurchsichtigem weißem Papier die kleine Zauberschachtel ausgehändigt. In ihr steckt – das sehen wir später zu Hause – eine einzige blaue Tablette. Vater zeigt offen seine Enttäuschung. »Hätte ich das gewusst«, sagt er, »hätte ich dir gleich gesagt, noch mindestens zwei Stück zu kaufen.« Das bringt mich dazu, den Beipackzettel zu lesen, aber der ist in so winzigen Buchstaben gedruckt, dass ich es gleich aufgebe. Meine Augen beginnen vor Anstrengung stark zu tränen, es sieht aus, als weinte ich. Ich bin wahrscheinlich der einzige Mensch auf der Welt, der beim Lesen des Beipackzettels von Viagra weint. Vater will mir helfen, er reicht mir ein Papiertaschentuch, das ich annehme, und seine Lesebrille, die ich ablehne. Ich trockne die Augen und das Gesicht, dann putze ich mir die Nase und schlage ihm vor, die Tablette zu halbieren. »Vielleicht kommst du auch mit nur fünfzig Milligramm aus und hast dann Viagra für zwei Mal.« Vater schlägt das aus. »Nimmt man das erste Mal nicht genug, wird das einem nie verziehen, was heißt, dass es zu einem zweiten Mal vielleicht gar nicht mehr kommt. Also kein Halbieren. Ich nehme den Hunderter, komme was da wolle.«

Ich reibe mir die Augen und schüttele den Kopf. Es

ist kaum zu glauben, dass ich mit meinem Vater über sexuelle Probleme rede. Plötzlich verspüre ich Scham, jene tief verwurzelte Scham, die mich seinerzeit wie die meisten Kinder daran gehindert hat, mit den Eltern über solche Dinge zu reden, als es angebracht war. Ich erinnere mich zwar, dass mein Vater, vor allem während der Zeit vor ihrer Scheidung, die ich in meinen Notizen als die »stürmische Nacht« bezeichnete, versucht hat, mir zu erklären, dass nicht alle Anklagen bezüglich seiner zahlreichen sexuellen Abenteuer stimmten. Während Mutter und er miteinander stritten und ich hilflos am Esstisch saß, machte er mir gelegentlich Zeichen mit der Hand, den Augenbrauen oder dem Mund. Diese Gesten kommentierten die Behauptungen meiner Mutter meist auf zwei Weisen, entweder als abscheuliche Übertreibung oder als reinen Blödsinn. Ich nehme an, Vater dachte, ich sei auf seiner Seite, aber so war es nicht. Ich war eigentlich auf keiner Seite und während sie darüber stritten, zu wem ich gehörte, meistens bemüht, nicht in ihr Spiel hineingezogen zu werden. Dabei gehörte ich weder damals noch irgendwann jemand anderem als mir selbst.

Mancher meint vielleicht, ich kümmere mich deswegen so sehr um meinen Vater, weil ich mich doch für ihn entschieden hätte. Aber genauso gut könnte man sagen, ich wolle auf diese Weise mein Gewissen beruhigen, weil ich mich nicht genug meiner Mutter widmete, als sie ihren vergeblichen Kampf gegen den Tod führte. Nichts stimmt weniger als das. Ich wurde genauso wie sie von ihrer Krankheit überrascht. Diese adrette und immer zurechtgemachte kleine Frau verwandelte sich über Nacht in ein ausgedörrtes Geschöpf, das wie ein Außerirdischer aus Hollywood-Filmen anmutete, vor allem als sie sich den Kopf kahlrasieren musste. In der letzten Phase der Krankheit verbot sie uns, sie zu besuchen, weil sie das, wie sie sagte, mehr aufregte als beruhigte. Weder Vater noch ich hörten auf sie, wir besuchten sie sogar noch häufiger, aber sie drehte dann den Kopf von uns weg oder blieb nur reglos auf dem Rücken liegen und starrte die weiße Zimmerdecke an, bis wir fortgingen. Sowohl meinem Vater als auch mir fiel das, jedem auf seine Weise, schwer. Während wir auf den Bus warteten, murmelte Vater immerzu etwas in seinen Bart und jammerte, zunächst leise, später zu Hause lauter, bis ich ihn eines Tages anherrschte, er solle das falsche Getue lassen, mit dem er niemandem etwas vormachen könne. »Die ganzen Piesackereien, Zankereien, Flüche und Beleidigungen«, sagte ich ihm, »all das bleibt, und du schaffst es nicht dadurch aus der Welt, dass du dir an die Brust schlägst.« Mein Vater stand nur da und zwinkerte, und ich bin fest überzeugt, dass seine Krankheit in diesem Augenblick den letzten verbliebenen Widerstand überwand, den sein Körper noch mobilisieren konnte. Damals wusste ich es nicht, so wie ich auch jetzt nicht weiß, ob sie sich nicht schon bei mir eingenistet hat, aber das ist jetzt nicht mehr wichtig. Wichtig ist nur, dass es Augenblicke gibt, in denen sich der Mensch völlig verändert, in denen er ganz anders wird – weder besser noch schlechter und dennoch jemand, der dem früheren nicht mehr ähnelt.

Das lässt mich daran denken, dass ich etwas Ähnliches einmal meinen Nichten sagte: »Ihr dürft niemandem von euch erzählen, es genügt, wenn ihr euren Namen und eventuell den Kosenamen sagt. Alles andere kann bis zum nächsten Morgen warten.« Meine Nichten protestierten laut. Ich sah sie an: Für mich waren sie noch immer kleine Mädchen, mit denen ich früher Sandkuchen backte, dabei sind sie schon erwachsene Personen. Sie können sich allein durch das Leben schlagen, einen Beschützer brauchen sie nicht.

»Ich auch nicht«, fügt mein Vater hinzu, »und du lässt mich trotzdem nicht in Frieden.«

Ich sehe ihn an und muss lachen. Er versucht nämlich, streng zu sein und mich böse anzugucken, aber die Krankheit hat seine Gesichtszüge erstarren lassen, und er sieht jetzt wie ein verheulter Clown aus und nicht wie das Ekel von Parteikommissar, den alle fürchteten und am liebsten nur von hinten sahen. Diese Zeiten sind längst vorbei und kommen, falls ich das so selbstbewusst sagen darf, nie mehr wieder. Die Geschichte hingegen bietet uns eine Fülle gegensätzlicher Beispiele, aber meine Schwester hat keine Zeit für Diskussionen über die historische Wirklichkeit. »Das Essen steht auf dem Tisch«, sagt sie, »lasst es nicht kalt werden.« Wir setzen uns folgsam in der üblichen Anordnung hin: Meine Schwester wie immer am Kopfende, mein Vater ihr gegenüber, die Töchter nebeneinander zu ihrer Rechten, ich nehme an ihrer linken Seite Platz. Diese Sonntagsessen – eigentlich finden sie einmal in zwei Wochen statt – sind für uns alle zu einem echten Ritual geworden. Ich füge gleich hinzu, dass es nicht immer so war, es musste zunächst zur Scheidung meiner Schwester und einige Monate später zum Tod unserer Mutter kommen, ehe meine Schwester uns zum Sonntagsessen einlud. Damals hatte sie als Vorspeise eine Suppe, eine fette und heiße, angeboten und während wir warteten, dass sie abkühlte, räusperte sie sich und sagte: »Von nun an werden wir für immer zusammenbleiben und niemand wird uns mehr auseinanderbringen können.« Dann begann sie bitterlich zu weinen und erzählte uns zwischen ihren Tränen und den Dampfschwaden über unseren Tellern, dass sie uns früher nie alle zusammen zum Mittagessen einladen durfte, weil ihr Mann, ihr *ehemaliger* Mann uns nicht mochte. Er habe uns für eine durch und durch merkwürdige Familie gehalten, deren Mitglieder durch abwegige Rituale aneinandergebunden seien, weswegen er meiner Schwester verboten hatte, uns einzuladen. Ich weiß noch, wie überrascht ich war, das zu hören. Mićko, den Ehemann meiner Schwester, kannte ich als einen zurückhaltenden, wohlwollenden Mann, allerdings zweifelte ich nie daran, dass jemand, der tagsüber ein Engel ist, während der Nacht, im Bett, zu einem richtigen Teufel werden kann. Aber alle akzeptierten diese Erklärung, zumal während der Ausführungen meiner Schwester ihre Töchter in zärtlicher Umarmung lagen, aus der nur zeitweise ein Klagelaut oder ein tiefer, abgehackter Seufzer ertönte. Dann kam meine Schwester auf unsere Mutter zu sprechen. Es stellte sich heraus, dass meine Schwester jedes Mal, wenn unsere Mutter sie besuchte, in größte Panik geriet, weil ihr, wie sie sagte, »nichts gut genug war«. Sie ging hinter ihr her durch die Wohnung und hatte für alles einen sarkastischen Kommentar oder ein abwertendes Urteil. Von den Fliesen im renovierten Bad meinte sie, sie sähen aus, als hätte ein Elefant sie mit seinem Rüssel an die Wand geklatscht; sie fand Schmutz an frisch geputzten Fenstern und Türen; sie war überzeugt, alles am besten zu wissen, und sagte von einem Rezeptheft einer guten Freundin, es wäre von größerem Nutzen in einer öffentlichen Toilette als in deren kleiner Küche. Als meine Schwester einmal die Bemerkung fallen ließ, Mutter könne uns alle ruhig mal zu einem Gulasch einladen, wurde diese so böse, dass sie ein Stück von dem Glas abbiss, aus dem sie gerade Holundersaft trank. Vielleicht gefalle es nicht jedem, solche Dinge über einen Menschen zu hören, für den er bereit wäre, die Hand ins Feuer zu legen, sagte meine Schwester, aber wir seien allein geboren, jeder für sich, und genauso betrachteten wir jeder für sich die Welt. Egal ob es sich um Vater oder Mutter, Schwester oder Bruder, Freund oder Geliebten handele, im Laufe des Lebens werde jeder von ihnen zum Ballast, zu einer Bürde, die uns immer langsamer werden lasse, bis wir uns schließlich eingestünden, dass wir in einer Kloake stecken und uns nichts anderes übrig bleibt, als uns an deren Gestank zu gewöhnen. Da hülfen auch keine duftenden Kräuter, sagt meine Schwester und blickt mich bedeutungsvoll an, als sei ich das einzige Mitglied unserer Familie, das im richtigen Augenblick des Tages oder der Nacht gern einen Joint raucht.

Vaters Parkinsonkrankheit begann mit einem scheinbar unbedeutenden Schmerz in der linken Schulter. Eines Morgens eröffnete er uns, und zwar in so offiziellem Ton, als spräche er ein Urteil über uns, er wolle sich einigen fachärztlichen Untersuchungen unterziehen, um diesem Schmerz auf den Grund zu gehen. Mutter lebte damals noch und winkte, als sie Vaters Sermon hörte, nur verächtlich ab. Er aber hielt Wort und suchte binnen kurzer Zeit mehrere Ärzte auf, machte viele Röntgenaufnahmen, ging zur Physiotherapie, probierte verschiedene Hausmittel, Salben und Tees aus und musste schließlich zu einem Neurologen gehen, zum Arzt, der an der Quelle des Schmerzes sitzt, wie das einer der Rheumaspezialisten ausdrückte, von denen Vater sich beraten ließ. Der Neurologe hörte sich Vaters Geschichte über seinen Schmerz und über die Bemühungen, ihm zu entkommen, aufmerksam an, setzte sich dann ihm gegenüber auf einen Stuhl und forderte ihn auf, seine Bewegungen nachzumachen. Zuerst vollführte er verschiedene Bewegungen mit den Fingern und den Händen, dann stampfte er mit dem

Fuß auf den Boden, und zwar in immer schnellerem Rhythmus. Vater machte folgsam alles nach, wobei er anfangs das furiose Tempo einhielt, dann aber immer langsamer wurde und am Ende ganz aufhörte. Da fasste der Neurologe ihn an beiden Händen und sagte mit Rührung in der Stimme, er wolle keinen Hehl daraus machen, dass alle Zeichen dafür sprächen, dass es sich um die Parkinsonkrankheit handele. Man müsse noch einige Untersuchungen und Analysen vornehmen, fuhr der Neurologe fort, aber was er gesehen habe, bestärke ihn in seinem Urteil. Vater, so erzählte er uns später, schloss darauf die Augen und dachte: »Ich werde nie Rio sehen.«

»Hast du wirklich nur diesen Gedanken gehabt?«, frage ich ihn bei einem unserer üblichen Spaziergänge.

Er denkt kurz nach, sagt dann: »Ja, nur der fiel mir ein.«

»Und an mich, meine Schwester und deren Mädchen hast du nicht gedacht? Hast du nicht den in Großbuchstaben geschriebenen Spruch vor dir gesehen: DER ABSCHIED VON DER FAMILIE TUT WEH?«

»Natürlich tut er weh«, gesteht Vater, »aber eine Reise nach Rio wäre mir doch lieber.«

Das ist das Zeichen dafür, dass es keinen Zweck hat, weiterzureden. Ich konzentriere mich auf die Promenade am Donauufer in Zemun: Während unserer Spaziergänge begegnete mein Vater nicht nur den Möwen, sondern auch Menschen, Bekannten aus verschiedenen

Lebensabschnitten: »Der hat zusammen mit mir im Laden gearbeitet«, »Mit dem habe ich gemeinsam Diebe in der Fabrik verfolgt«, »Die dort hatte die Rolle des Doktorvaters in meiner Fakultät«, »Mit dem hatte ich eine Auseinandersetzung wegen seiner Frau«. Ich war nicht immer imstande, mir alles zu merken, hörte mir seine Bekenntnisse aber aufmerksam an. Natürlich fragte ich mich dann ständig, wie viel Wahres in diesen Geschichten steckte, wie groß dabei der Anteil der blühenden Fantasie meines Vaters war. Manchmal, wenn er müde wurde, setzten wir uns auf eine Bank. Er schloss dann die Augen, rieb mit den Händen über sein Gesicht und versank sofort in Schlaf. Seine Atmung wurde ruhig und tief; bald sank sein Kopf auf die Brust; sein Mund ging auf; die Spucke rann ihm aus dem Mundwinkel und fiel Tropfen um Tropfen auf seine Hose. Während dieser Zeit ließ ich meinen Blick nicht von ihm ab. Ich dachte, er musste erst so schwer krank werden, damit zwischen uns ein Gefühl der Nähe entsteht. Ein Viertelstündchen später öffnete Vater dann die Augen und blickte mich intensiv an, als kenne er mich nicht. Dann verzogen sich seine trockenen Lippen zu einem Lächeln, und ich holte, ebenfalls lächelnd, aus meiner Hosentasche ein gelbes Plastikdöschen. Es war an der Zeit, dass Vater sein Medikament nahm.

Nur einmal überwältigte auch mich der Schlaf auf einer Bank auf der Zemuner Uferpromenade. Das Schlimmste daran war, dass ich überhaupt nicht merkte, wann und wie das geschah, ich hatte einfach die Augen geschlossen und war in einen so tiefen Schlaf gesunken, dass uns jemand, wenn er es nur gewollt hätte, beide von der Bank hätte wegtragen können. Statt ihn zu beschützen und auf ihn aufzupassen, so warf ich mir vor, machte ich ihn noch verletzlicher, den dunklen Mächten der Welt noch zugänglicher.

Vater konnte meine Verzweiflung gar nicht verstehen. »Es ist doch keine Schande, ein wenig auszuruhen«, sagte er. »Und wer sollte uns übrigens wegtragen? Wer braucht zwei heruntergekommene Männer, von denen der eine schon weiß, was das Schicksal für ihn bereithält, und der andere erst erfahren muss, was ihn im Leben noch erwartet?«

Er hatte recht. Manchmal übertreibe ich wirklich. Ich stand auf und reichte ihm die Hand, um ihm beim Aufstehen zu helfen. Er schnaubte verächtlich, schob meine Hand beiseite und versuchte, sich allein zu erheben. Am Ende gelang ihm das, obwohl er jetzt außer Atem war und im Kreuz ganz bestimmt Schmerzen verspürte. Tausendmal habe ich ihm gesagt, er solle beim Aufstehen die angebotene Hilfe annehmen. Tausendmal hat er versprochen, es zu tun. Jetzt sage ich nichts mehr. Ich entferne ein welkes Blättchen von seiner Jacke, richte den Kragen an seinem Hemd und mache mich auf den Weg. Nach zwei, drei Schritten drehe ich mich um. Er steht noch immer da. »Was ist«, frage ich, »sollen wir nicht nach Hause gehen?« Er murmelt etwas und setzt sich in Bewegung, langsam, unsicher, wackelig, als wate er durch tiefen Schlamm;

wenn er dann wieder sicherer auf den Beinen ist, gehen wir, manchmal ohne ein Wort zu sagen, zusammen nach Hause.

Fast alle wundern sich, wenn sie in unserer Stadt eine ältere, oft geschmackvoll zurechtgemachte Frau mit großem Hut in Begleitung eines jungen Mannes sehen, stellen aber beim näheren Hinsehen fest, dass es sich um Mutter und Sohn handelt. Viele dieser Söhne sind alt geworden und ausgebrannt in der Rolle des folgsamen Beschützers, obwohl sie sich eigentlich wie in einem Spinnennetz verstrickte Fliegen fühlen. Manch eine dieser allmächtigen Mütter verbirgt auf diese Weise vor den Leuten, aber auch vor sich selbst, die Tatsache, dass ihr geliebter Sohn zur Homosexualität neigt. Das gilt natürlich nicht für jeden, man darf es nicht verallgemeinern, es genügt aber, die Leute gelegentlich zu unangenehmen Kommentaren oder zu beleidigenden Schimpfwörtern zu veranlassen.

Das Bild zweier Männer, von denen einer älter und der andere wesentlich jünger ist, kann hingegen nur eins bedeuten: Schwule. Wo auch immer wir beide erscheinen, begleiten uns misstrauische Blicke vieler Männer und zahlreicher Frauen. Vater ist deswegen bedrückt und will diejenigen, die uns mit unverhohlener Verachtung anglotzen, dauernd zur Rede stellen. Ich bemühe mich jedes Mal, ihn davon abzubringen, denn solche Diskussionen führen zu nichts. Wir kümmern uns um unsere Angelegenheiten, sie sich um ihre, pflege ich ihm zu sagen, daran könne man nichts ändern. Aber, protestiert er, niemand könne ihm verbieten, sie in seinen Gedanken der schlimmsten Folter zu unterziehen. Ich »erlaube« ihm das, weil ich ohnehin nicht weiß, welche Gedanken durch seinen Kopf gehen. Auf einmal wurde es für ihn außerordentlich wichtig, mir zu erzählen, was alles vorgekommen sei und was er alles in der Zeit getrieben habe, als er in seinem kleinen Dorf und dessen Umgebung fast wie ein totalitärer Herrscher wütete. Besondere Aufmerksamkeit widmete er der tragikomischen Tatsache, dass er durch Zufall beide Rollen innegehabt hatte: die des Verfolgers und die des Verfolgten, genauer gesagt, er war sowohl Henker als auch Opfer, was ihm half, am eigenen Leib später all das zu spüren, was er früher anderen angetan hatte. Er sprach darüber nicht, um Mitgefühl oder überhaupt ein Gefühl zu erheischen. Das Leben bestand für ihn aus einer Abfolge von Tatsachen, alles Übrige war nur eine Nachahmung des Lebens. Wenn er einmal durch sein Handeln bei jemandem das verändert hatte, was man als Lebenstatsache bezeichnen könnte, oder wenn einer es bei ihm getan hatte, dann war das ein Faktum, über das man sprechen konnte. Alles Übrige, zumal das, was durch Emotionen versüßt wurde, bedeutete ihm nichts, konnte nicht dem Leben und folglich auch nicht dem Tod zugerechnet werden. Er hatte es nicht wortwörtlich so gesagt, ich gab vielmehr seinen Gedanken eine Form und schrieb sie mit Worten auf, die, wie ich fand, seinen ähnlich waren. Und wie das immer in solchen Situationen geschieht, meinten einige, ich hätte seine Sprache und seinen Charakter getroffen, andere wiederum wiederholten mehrmals, das sei mir nicht gelungen. Das beunruhigt mich keinesfalls, denn ich bin der Ansicht, dass jeder von uns in Tausenden Versionen erscheint, da uns jeder Mensch auf seine einzigartige und unnachahmliche Weise sieht und dabei etwas Eigenes einbringt. Einfacher gesagt, niemand konnte meinen Vater so sehen, wie ich ihn sah, und keiner konnte mich so sehen, wie es mein Vater tat.

Es mussten noch einige Jahre vergehen, ehe mein Vater sich, wenigstens zum Schein, mit der Tatsache abfand, dass er unheilbar krank war. Manchmal meine ich, dass er auch heute noch nicht daran glaubt. Einmal sagte er, er sei sich sicher, dass er eines Tages gesund aufwachen würde, wenn die Ärzte ein neues Medikament oder eine neue Art chirurgischer Eingriff erfänden. Er sprach davon mit einem gewissen Hochmut, als handele es sich um ein besonderes Privileg, das nur der engste Kreis von Auserwählten genießen dürfe. Hinter dieser pompösen Rhetorik verbarg sich eigentlich ein verängstigtes menschliches Wesen, dessen Konstruktion dermaßen wackelig war, dass es bei der kleinsten Erschütterung einfach auseinanderfallen würde. Das ist ein schreckliches Gefühl: Er, bis dahin das Fundament unserer Familie, ihr unbestrittenes Haupt und Beschützer, war jetzt zu einem langsamen Untergang verurteilt, zum Verlust all dessen, was die Grundlage seines körperlichen Daseins ausmachte, zur Ohnmacht. Aber warum wurden auch wir bestraft, obwohl wir nichts mit seinen bösen Taten zu tun hatten? Denn durch diese Strafe änderte sich nicht nur sein Leben, auch unseres wurde anders und musste sich in gewisser Weise seinem unterordnen. Alles, was wir uns ausdachten, was wir planten und vorhatten, mussten wir im Lichte seiner Krankheit sehen; er war jetzt der Filter, durch den wir die Welt sahen oder, besser gesagt, durch den die Welt uns sah. Er war der Kranke, wir stellten ein kleines Krankenhaus dar, eine Notaufnahmestelle mit diensthabenden Ärzten: einem Orthopäden, einem Gynäkologen, einem Psychiater, einem Zahnarzt. Vater fand das normal, für ihn war es selbstverständlich, dass die Familie sich um ihre Mitglieder kümmert, und er fügte mit schmeichelnder Stimme hinzu, für uns gelte die bekannte Losung: Alle für einen, einer für alle! Er schaute uns mit einem durch die im Krankenhaus verabreichten Beruhigungsmittel vernebelten Blick an. Während wir um ihn herumsaßen, flüsterten wir lebhaft und warteten auf den Chirurgen, der ihn am Tag zuvor operiert hatte. Es ging dabei nicht um seine Krankheit, sondern um die Entfernung einer Fettgeschwulst, die seit Jahren unterhalb seiner linken Schulter saß, aber wir redeten die ganze Zeit nur über seine Krankheit. Auch da redete er davon, dass wir eine richtige Familie sein sollten, aber Mutter konnte das nicht mehr hören. Sie habe die Nase voll von dieser verdammten Familie, schrie sie, schon morgen werde sie alle seine Sachen auf die Terrasse hinausschmeißen! So habe er sich, sagte sie, unmittelbar nach dem Krieg benehmen dürfen, aber in der heutigen Zeit sei das ein Unding. Vater versuchte, ihr zu widersprechen, aber ohne Erfolg. Mutters Stimme schallte in den Krankenhauskorridoren, und als sich vor der Tür seines Zimmers Kranke und Angehörige des Krankenhauspersonals versammelten, die ihre Worte laut kommentierten und sie durch langen Applaus ermutigten, verstummte Vater doch. Natürlich nicht für lange Zeit.

Meine Nichten sind immer zögerlich, sie widmen sich zu sehr den Details und verlieren den Blick für das Ganze. Es hat keinen Zweck, ihnen das zu verübeln, auf keinen Fall sollte man sie deswegen bestrafen. Vielleicht werden sie nie erfahren, dass es ein Ganzes gibt, vielleicht werden sie ihr Leben damit verbringen, einzelne Details aufzuzählen. Vater behauptete, das sei allein damit zu erklären, dass meine Schwester darauf bestanden hatte, die eine Tochter Mila und die andere Anka zu nennen, nur damit sie beide, wenn es Zeit für das Abendbrot war, mit einem einzigen Namen rufen könne: »Milanka! Milanka! Kommt sofort rauf zum Abendessen!«

»Wer hat so etwas schon gehört«, beschwerte sich mein Vater, »die gesonderten Identitäten der Mädchen zu zerstören, nur damit man ein Wort weniger auszusprechen hat? Wenn das kein Verbrechen ist!«

Mila und Anka entwickelten in der Tat eine Art gemeinsamer Identität und haben sogar einige Jahre lang von sich selbst nur in der dritten Person Plural gesprochen. Fragte man Mila, ob sie zum Frühstück Brot und Honig haben möchte, antwortete sie: »Heute haben wir keine Lust auf Honig, vielleicht morgen. Aber jetzt möchten wir gern Geflügelsalami …«

Ich erinnere mich, dass Vater verzweifelt versuchte, etwas daran zu ändern. Damals war er noch nicht krank, und auf der Suche nach einer Lösung ließ er verlauten, er würde dank einer kleinen Hilfe seiner ehemaligen Parteigenossen einen Gerichtsentscheid erwirken, durch den er zum Vormund der beiden Mädchen bestellt werde.

»Was willst du tun?«, fragte meine Schwester ungläubig.

»Ich werde die Vormundschaft über Mila und Anka beantragen«, sagte Vater.

Meine Schwester sah ihn lange an und setzte dann mit einer Stimme wie aus einer anderen Welt fort: »Das tust du nicht, da bin ich mir sicher, und damit du es weißt, wenn du dich doch dazu entschließen solltest, schneide ich dir die Kehle durch.«

»Ich weiß«, sagte Vater. Er stand auf und verließ den Raum. Er war niedergeschmettert, aber nicht besiegt und hätte weiß Gott was noch unternommen, hätten die Mädchen nicht von selbst aufgehört, in der dritten Person Plural zu sprechen.

Mein Vater war eigentlich sein eigener General, weil er niemandem erlaubte, ihn herumzukommandieren. So war es, sagte er, beim Militär und auch später, als er ins Straflager kam, und sogar danach im alltäglichen Leben. Ich erinnere mich zwar an Augenblicke, in denen es nicht so war, in denen er brav die Aufgaben erledigte, die unsere Mutter ihm aufgetragen hatte. Zugegeben, das hielt nicht lange an und er fand sich bald in der Rolle des Kommandierenden wieder. Da Mutter nicht gewillt war, eine solche Ordnung der Dinge im Weltall zu akzeptieren, verwandelte sich unser Leben von diesem Augenblick an in ein wildes Wetteifern von Schreien, Auftrumpfen und Verwünschungen, bei denen kein Mitglied unserer näheren und weiteren Familie verschont blieb.

Vater stößt auch heute noch gelegentlich einen Fluch aus, aber der ist nur ein blasser Abklatsch früherer vielschichtiger Kraftausdrücke, der uns nicht mehr beeindruckt. In den letzten Jahren geschieht das meistens, wenn die Krankheit ihn bei einer Tätigkeit behindert: zum Beispiel die Schnürsenkel am Schuh zu binden oder einen Knopf zuzumachen. Tausendmal habe ich ihm gesagt, dass dabei keine Aufregung hilft, dass sie im Gegenteil nur seine Ohnmacht verstärkt. Tausendmal habe ich das wiederholt, und dennoch erreichen mich aus der Diele wieder seine Flüche, gerichtet an Herrn Parkinson, wer auch immer das ist, sowie an dessen nähere und fernere Verwandte. Wenn er mich schließlich ruft, ihm zu helfen, ist sein

Gesicht rot vor Wut, und seine Hände zittern wie noch nie.

»Nur so weiter«, sagt sein Arzt, »er soll wissen, wer der Herr im Haus ist!« Bei seiner Arbeit mit an Parkinson Erkrankten, sagt er, sei er oft Personen begegnet, die dank dem Mitleid der Menschen um sie herum eine strenge Kontrolle über diejenigen ausübten, die ihnen am meisten halfen. »Eine feste Hand«, sagt der Arzt, »aber eine richtig feste Hand und nicht eine solche, die zwischen Mitleid und Hoffnungslosigkeit zögert.« Während er das sagt, krempelt er den Ärmel seines weißen Kittels hoch, und vor unseren bewundernden Blicken erscheint ein tadellos geformter rechter Arm. Es stellt sich heraus, dass Doktor Stanković regelmäßig im Fitnessstudio trainiert. Er meint, jeden Tag eine halbe Stunde lang zu üben reiche, damit der Körper eine gut ausgebildete Muskulatur bekomme. Er empfehle es natürlich nicht seinen Patienten, obwohl ihnen ein wenig Physiotherapie nicht schaden würde. Er neigt sich zu mir und flüstert mir ins Ohr: »Wie war es? Sie erzählen mir gar nichts.« Ich verstehe nicht sofort, was er meint, deshalb sagt er gedehnt: »Die-blau-e-Tab-let-te, was war mit ihr?« Erst dann kann ich ihm sagen, dass mein Vater sehr pedantisch ist, was seine Langsamkeit noch verstärkt. Wenn er beschließt, etwas zu tun, tut er es so systematisch, bis auch das kleinste Detail geprüft ist. So war es auch dieses Mal. Er hat einige hundert Texte über die Zusammensetzung, die Wirkung und die Folgen von Viagra gelesen und war immer noch überzeugt, zu wenig darüber zu wissen.

»Aber dafür bedarf es gar keines Wissens«, sagt meine Schwester, nachdem sie die letzten Episoden meiner Vatersaga gehört hat, »dabei ist nur das Handeln wichtig. Das Hirn tut gar nichts zur Sache. Mit dem Hirn kann man, mit Verlaub, nicht ficken.« Sie lacht kurz auf und wird ernst. »Besser hättest du die Tablette mir gegeben.«

»Dir«, sage ich, »tust du noch immer …« Meine Stimme zittert, ich traue mich nicht, zu Ende zu sprechen.

»Was wolltest du mich fragen«, fragt meine Schwester, »was interessiert dich? Ob ich noch immer ficke?«

Erst fällt mir der Apfel aus der Hand, dann das Messer, mit dem ich ihn geschält habe. Mein Mund steht offen, die Augen sind weit aufgerissen, aus meiner Kehle kommen undeutliche Laute. Meine Schwester kommt aus dem Lachen nicht mehr heraus, mit Mühe und Not gelingt es ihr zu sagen, sie finde es unglaublich, dass mich ihre Worte überraschten. Es stimme, dass sie früher – als Einzige in der Familie! – keine Flüche und keine »unanständigen Worte« gebrauchte, aber erst vor Kurzem habe sie begriffen, dass sie, wenn sie deren Sprache übernehme, sich mit den Aggressoren auf ein Niveau begebe. Da habe sie beschlossen, ihre Sprache zu ändern und sich dadurch zu befreien.

»Von wem denn?«, frage ich, nachdem es mir gelungen ist, das Apfelstück auszuhusten. »Von wem willst du dich befreien? Wer steht dir im Weg?«

»Alle die, die mich nicht achten«, antwortet sie prompt, als hätte sie es eingeübt.

»Alle die, die dich nicht achten? Wie willst du sie erkennen?«

»Keine Sorge«, sagt meine Schwester, »deren üble Ausdünstung riecht man schon von Weitem ... Aber die gehen mir an der linken Arschbacke vorbei, die muss man einfach ignorieren. Erzähl mir jetzt lieber, was Papas Ärzte sagen. Bekommt er genug Medikamente? Du siehst, in welcher Zeit wir leben, man kann keine zwei Wochen im Voraus planen, keiner vermag einem zu sagen, ob er in drei Monaten noch seine Medikamente bekommt. Wir befinden uns ständig am Rand, am Ende von etwas, das einem Anfang ähnlich war und uns dann ohne einen Hinweis auf unser weiteres Leben im Stich ließ. Du ewiges Kind! Verstehst du das denn nicht: Diese Gesellschaft möchte, dass du für immer ein kleines Kind bleibst, unfähig, mit der Wirklichkeit fertigzuwerden. Darum wird dir, dem ewigen Kind, die Wirklichkeit unerträglich, während deine Familie sich in deinen Retter verwandelt und ohne Bedenken aus dir macht, was ihr beliebt. Das Familienoberhaupt, der Vater, wird zu einer unantastbaren Gottheit, zu einer Säule, vor der du dich verneigen musst, zu einem unerreichbaren Ideal, zu einem Führer, den man ohne Wenn und Aber schätzt. Alle Männer sind so, andere gibt es nicht, es gibt nur welche, die vorübergehend anders sind. Jeder von ihnen will Führer sein, und jeder von ihnen wird zum Führer, allerdings gibt es auch unter den Führern einen Führer, einen, der stärker ist als die anderen, einen, der ständig etwas verströmt, einen, der dich fasziniert und dich glauben lässt, dass er der Richtige, der Einzige ist, der euch dorthin führt, wo ihr nie wart, wo ihr von den Erinnerungen an ihn leben werdet, von Fotos und telefonischen Botschaften und schrillen Fernsehnachrichten, in der festen Überzeugung, glücklich zu sein, denn, siehe da, der Führer lächelt euch an … Soll euer Führer euch doch ficken, von vorn und von hinten! Etwas Besseres habt ihr nicht verdient!«

Ihr Monolog machte mich ganz fertig. Sie war bisher nie sehr gesprächig gewesen: Wenn man etwas in fünf Worten sagen konnte, wozu dann noch ein sechstes, ein siebtes oder gar noch weitere verschwenden? Früher beteiligte auch sie sich manchmal an familiären Fluchtiraden, aber sofort zeigte sich, dass sie ein kleiner Fisch war im Vergleich zu den anderen Familienmitgliedern, vor allem zu unserem Vater, der es fertigbrachte, die unterschiedlichsten Dinge zu einem harmonischen Ganzen zu verbinden. (Sofern das bei den Flüchen am häufigsten erwähnte Geschlechtsorgan als harmonisch bezeichnet werden kann.)

»Nicht kann, sondern muss«, sagt meine Schwester, »und du Idiot könntest dir auch mal weniger Sorgen um ihn machen. Er ist in seinem Leben durch dick und dünn gegangen, was also kann ihm schon so ein Parkinsönchen anhaben?«

Ich sehe Vater an und merke, dass sein Gesicht unkontrolliert zerknautscht wird, ähnlich einem Foto in einer nassen Zeitung. Es fehlt wenig, und er bricht in Tränen aus. Tausendmal habe ich ihm gesagt, er soll den Worten meiner Schwester keine Beachtung schenken, denn sie überlegt nicht, was sie sagt. »Sie ist eine Plapperliese«, sage ich, »außerdem nimmt sie sprichwörtlich kein Blatt vor den Mund. Verstehst du? Begreifst du das?«

Vater nickt zustimmend, die Tränen spritzen von seinem Gesicht wie die Morgentautropfen von wogenden Grashalmen. Sein Gesicht wird noch zerknautschter, schließlich steht er auf und begibt sich mit kleinen Schritten ins Bad. Dort bleibt er, bis wir nach Hause aufbrechen.

»Und was nun«, frage ich sie, »ist es das, was du erreichen wolltest? Einen kranken Mann zum Weinen bringen und ihm die letzten Tage auf dieser Welt versauen?« Ich rede so, obwohl ich genau weiß, dass Vater nie seiner selbst wegen weinen würde, dass vielmehr jenes depressive Männchen weint, das eines Nachts fast unbemerkt in ihn hineingeschlüpft ist. Schon am nächsten Morgen machte es sich auf Vaters aufgedunsenem Gesicht und in den geröteten Rändern seiner Augenlider als Zeichen der ersten schlaflosen Nacht bemerkbar. Ab da wurden seine Nächte zu einem chaotischen Aufeinanderfolgen von Wachwerden und Einschlafen, begleitet von Toilettengängen und Stunden der Schlaflosigkeit. Damals hatte er auch seine erste Halluzination: Ein schwarzes Hündchen, das um seine Beine herumwuselte und an den Hosenaufschlägen knabberte. Er beugte sich hinunter, um es zu streicheln, aber seine Finger griffen ins Leere; wo ein weiches Fell sein sollte, gab es nichts. Aus dem Augenwinkel, erzählte Vater später, habe er das Hündchen mit dem Schwanz wedeln und hinter einer Tür verschwinden sehen. Es ließ sich nie wieder blicken.

Meine Schwester will uns überreden, noch ein bisschen zu bleiben. »Nicht einmal Kaffee haben wir getrunken!«, protestiert sie, aber vergebens, denn die Magie des Familienmittagessens ist unwiderruflich dahin. Vater kommt traurig aus dem Badezimmer heraus. Die Regentropfen werden immer größer – Sturm kündigt sich an! Und während wir besorgt den Kopf schütteln, stößt Vater einen Fluch aus und sagt, alle Fenster in der Wohnung hätten wir offen gelassen. Wenn wir es nicht schafften, vor dem Sturm nach Hause zu kommen, würden wir eine echte Überschwemmung erleben. Deshalb rufen wir ein Taxi und machen uns leise, fast wortlos auf den Weg nach Hause. Vorsichtig öffnen wir die Wohnungstür, aber anstelle der Wasserflut schlägt uns ein Schwall abgestandener Luft entgegen. Wir betreten die Wohnung, kein Fenster steht offen. »Was ist passiert, wer hat die Fenster geschlossen?« Vater schweigt, antwortet nicht; später, beim Abendessen gesteht er, wie erwartet. »Ich habe sie geschlossen«, sagt er, »hatte es inzwischen aber vergessen.«

Seine Bekenntnisse kamen plötzlich, ohne Ankündigung. Wir spazierten im Stadtpark, um der Hitze zu entkommen; ich unterhielt ihn, indem ich den Inhalt der Bücher wiedergab, die er lesen sollte. An dem Nachmittag erzählte ich ihm Teile aus dem Roman *Stichwort: Liebe* nach. Die ersten beiden Teile des Romans interessierten ihn nicht, dafür aber geschah etwas Merkwürdiges, als ich ihm von dem Juden berichtete, der nicht sterben konnte, und von dem Nazi, der kein Gewissen hatte. Er begann etwas zu flüstern, in seinen Bart zu murmeln, zu seufzen und den Kopf zu schütteln, während seine Hände unkontrolliert zuckten. Ich dachte, er habe vielleicht eines seiner Medikamente vergessen einzunehmen, aber als ich ihn danach fragte, verneinte er es. Er stöhnte und zuckte weiter, als bohrte sich jedes meiner Worte unter seine Nägel. Ich schlug vor, uns auf eine Bank zu setzen und auszuruhen. Es war ein schwerer, klebriger, feuchter Tag und wer weiß, ob es für ihn gut war, sich bei solchem Wetter draußen aufzuhalten. »Das stört mich nicht im Geringsten«, sagte er, »erzähle ruhig weiter. Am liebsten höre ich Geschichten über das Gewissen, weißt du?« Ich wisse es nicht, sagte ich, und ich konnte mich auch gar nicht erinnern, dass wir uns jemals über dieses Thema unterhalten hatten. Er entgegnete beinahe verärgert, das Gewissen sei kein Thema für Unterhaltungen, sondern gehöre zur Lebensqualität. Ein Gewissen zu haben, sagte er, bedeute im Frieden mit der Welt und mit sich selbst zu leben, was einfach klinge, jedoch nicht so leicht zu erreichen sei. Inzwischen fanden wir eine Bank im Schatten und setzten uns. Er sagte mir dann, dass er mich zu Beginn des Spaziergangs, als ich angekündigt hatte, eine Geschichte über das Gewissen zu erzählen, erst bitten wollte, still zu sein und ihn in Ruhe zu lassen. Ja, es habe Zeiten in seinem Leben gegeben, in denen er sich wie ein gewissenloser Mensch benahm, aber genauso Tage und Nächte, in denen er der Macht des Gewissens ausgeliefert war, die schlimmer sein konnte als alle bösen Schleier, die seine Seele einhüllten. Also sei er, sagte er, in keinem Augenblick ohne Gewissen gewesen, es habe lediglich Momente gegeben, in denen ihn die Angebote des Gewissens kaltließen. Am Ende, als alles vorbei war, lasteten nur noch etwa zwei Dutzend Menschen auf seinem Gewissen, Menschen, die er überall mit sich herumschleppte. Dann aber, sagte er, kam die Krankheit, seine ihm vom Herrgott zugedachte Krankheit, als Zeichen dafür, dass nichts mehr sein Gewissen beschwere. Und, fragte ich ihn, habe er wirklich daran geglaubt? Was hätte er sonst tun sollen, antwortete er mit einer Gegenfrage, etwa das Wort Gottes anzweifeln? Wenn er Gott nicht glaube, wem denn sonst? Zum Beispiel dem eigenen Herzen, sagte ich. Mein Vater sah mich lange an und fragte dann, ob ich scherze. Wer glaube heute noch dem Herzen, sagte er, das glaube nicht einmal sich selbst. Ich schwieg. Ich mochte diese Unterhaltung nicht mehr, ich wollte nicht mehr in diesem Park sein, ich war an dem Gespräch mit meinem

Vater nicht mehr interessiert. Ich wollte irgendwo hingehen, wusste aber nicht, wohin. Ich stand auf, machte ein paar Schritte und kehrte wieder zu meinem Vater zurück. Er starrte mich an, ohne zu blinzeln. Wenn ich ihm nicht bald die Augentropfen gebe, dachte ich, trocknen seine Augäpfel ganz aus. Er hob gehorsam den Kopf und wartete. Ich nahm das Fläschchen aus meiner Jackentasche und ließ einige Tropfen in seine Augen fallen. »Jetzt gehen wir einkaufen«, sagte ich zu ihm, »über das Gewissen sprechen wir ein anderes Mal und an einem geeigneteren Ort.«

Beide Apotheken in der Hauptstraße hatten nicht die Medikamente, die mein Vater benötigte, deshalb begaben wir uns zu der kleinen Apotheke neben dem Wochenmarkt, wo wir die erste Viagra gekauft hatten. Danach haben wir noch drei gekauft, aber alle vier liegen noch immer ungeöffnet im Medikamentenschränkchen. Ich weiß nicht, ob es etwas mit Nadica gegeben hat, ich wage nicht, ihn danach zu fragen. Eine Zeit lang hat sich Vater auf ein Treffen mit ihr vorbereitet, als trainiere er für den Belgrad-Marathon. Dann hörte er damit auf und erwähnte sie nie wieder.

Die Apothekerin erinnerte sich offenbar an uns, denn sie schmunzelte, während sie die Rezepte meines Vaters prüfte. Weiter schmunzelnd sah sie mich an und wies mit dem Kinn in seine Richtung. Ich war mir nicht sicher, was sie wissen wollte, und hob fragend die Augenbrauen. Sie deutete mir an, näher zu kommen, dann neigte sie ihren Kopf zu dem meinen, bis ihre

Lippen meine Ohrmuschel berührten, und flüsterte: »Hat es einen Schuss gegeben?« Ihr Atem duftete nach Johannisbeeren. Ich trat zurück, um sie besser zu sehen. Das vorige Mal hatte sie älter ausgesehen, vielleicht war sie müde oder gereizt gewesen, in ihrem Gesicht und am Hals hatte es ziemlich viele Falten gegeben. Jetzt hingegen sah sie viel besser aus: die Gesichtshaut straff, die Stirn nur leicht gefaltet, die Augen glänzender, die Lippen üppiger. Ich neigte mich zu ihr, bis meine Lippen ihre Ohrmuschel berührten. Dann sagte ich leise: »Ein Schuss steht immer noch für Sie bereit.«

Die Apothekerin richtete sich auf und begann, die Medikamente einzupacken. Vater hatte die Tür schon aufgemacht und war hinausgegangen. Auf einmal hatte er es schrecklich eilig, wollte nicht länger an dieser Stelle verweilen. Die Fragen nach Schüssen und Schusswaffen hoben wir für eine bessere Gelegenheit auf. Vater war jedoch mit der Entwicklung der allgemeinen Situation nicht zufrieden. Es gebe etwas in der Luft, meinte er, was nicht das Werk von Menschenhand sei, was nicht auf eine Verschwörung oder auf Betrug zurückzuführen sei, etwas, das sich an einen heranschleiche, einen wie ein geschicktes Straßenmädchen umgarne und fertigmache, man lasse sich dann gehen und wehrte sich nicht mehr, werde übellaunig und könne nicht erwarten, von der Bildfläche zu verschwinden.

Ich frage ihn, warum er mir das erzählte, und noch dazu jetzt, mit einer erstickten Stimme, als würde er nie mehr einen Laut von sich geben.

»Wegen deines Benehmens in der Apotheke«, sagt er, »wegen deines sträflichen Benehmens. Wieso schämst du dich nicht, offen mit der Apothekerin zu flirten?«

»Was du nicht sagst! Und wer hat in der Praxis von Doktor Stanković mit Nadica geflirtet? Ich bestimmt nicht. Was sagst du dazu? He? He?«

Ich merke, sein Gang wird schneller, er will einen möglichst großen Abstand zu mir gewinnen. Dann dreht er sich plötzlich um und will etwas sagen, aber die Worte verlassen seinen Mund nicht, zumindest kommen sie bei mir nicht an, denn bei dieser Umdrehung verliert er das Gleichgewicht und fällt zu Boden.

Tausendmal habe ich ihm gesagt, er dürfe keine plötzlichen Bewegungen machen, und das tue ich jetzt, während ich mich über ihn beuge, zum tausendundersten Mal. Er liegt da mit fest geschlossenen Augen, was seine Art ist, mir zu verstehen zu geben, dass er sich schämt, und öffnet sie erst, als er meine Stimme hört: »Los, gehen wir! Heute Abend gibt es Pizza!« Während ich ihn aufrichte, klammert er sich wie ein Ertrinkender an mich und mit seinem langen, ungekämmten Haar sieht er in der Tat auch so aus. Es ist an der Zeit, dass wir zu Meister Mika gehen. Sobald wir zu Hause sind, rufe ich Meister Mikas Friseursalon an und mache einen Termin für morgen Nachmittag fest.

Zuerst erzählte er mir von Ereignissen in Vitezovo. Er sprach mit leiser Stimme, zeitweise von schmerzlichem Schluchzen und tiefen Seufzern unterbrochen. Später sah er ein, dass er mit dem Schluchzen übertrieb, und widmete sich ganz den Seufzern, die in langgezogenen Wellen endeten. Er war ein überzeugender Erzähler, der in kurzer Zeit sämtliche Register seines szenischen Könnens zu ziehen vermochte. Dabei war er nie bestrebt, etwas vor seinen Zuhörern zu verbergen, und versuchte auch nicht, die negative Wirkung seiner Erzählung zu mindern. Es hieß, es sei ihm völlig egal gewesen, wie man über ihn urteilte und welche Schlüsse man zog. Ja, so war es vielleicht früher, aber jetzt saß da ein mürrischer Greis, der nicht fähig war, sein Hemd zuzuknöpfen und die Schnursenkel an seinen Schuhen zu binden. Und dessen Mund ständig trocken war.

Nach Vitezovo, sagte Vater, seien sie immer nachts gekommen. Die Bauern gingen früh schlafen, weil auf sie ein anstrengender Tag wartete. Und so, kaum waren sie in Schlaf gesunken, klopften wir ans Fenster. Manchmal mussten wir wirklich lange warten, sagte er, bis wir sie wachkriegten. Man schläft wunderschön unter ihren dicken Federbetten, sagte er. Und fügte hinzu, er habe Verständnis für sie gehabt. Nie habe er sie gezwungen, Hals über Kopf aufzustehen, immer habe er ihnen Gelegenheit gegeben, langsam wach zu werden und zu begreifen, wo sie waren, was sie waren und warum zum Teufel bringt nicht jemand diesen Hund zum Schweigen? Das habe er laut herausgebrüllt, als die ganze Familie in der Stube versammelt gewesen sei. Am Ende, sagte er, habe er rausgehen und ihn töten müssen. (Eigentlich, sagte er, habe er nicht vorgehabt, ihn zu töten, sondern lediglich einen Schuss an ihm vorbei abzugeben und ihn auf diese Weise zu erschrecken, aber die Pistole habe seine Hand geführt und die Kugel traf den Hund direkt am Kopf.) Als er ins Haus zurückgekehrt sei, fand er eine Stille vor, als hätte er das Familienoberhaupt ermordet. Niemand wollte ihn anschauen, weder die Familienmitglieder noch seine beiden Mitkämpfer. Deshalb habe er sofort weitergeredet und ihnen mitgeteilt, man habe erfahren, dass sie in ihren Federbetten Schmuck und Gold versteckt hielten. Daraufhin seien sie von Zimmer zu Zimmer gegangen und hätten die Federbetten attackiert, als seien es lebendige Menschen, hätten mit Heugabeln und Bajonetten auf sie eingestochen, einige sogar ganz zerschnitten. Überall seien die Federn geflogen, das ganze Haus habe wie verschneit ausgesehen. Sie hätten natürlich nichts gefunden, aber dennoch das Familienoberhaupt mitgenommen zu einem Haus, in dem sich noch weitere Festgenommene befanden. Im Morgengrauen des nächsten Tags seien alle freigelassen worden bis auf ihn und noch einen Mann, der bekanntlich zum Boykott der Regierung aufgerufen hatte. Sie seien exemplarisch erschossen worden.

Er verstummte, ich aber hörte nicht auf, ihn anzustarren, bis er mich ermahnte, damit aufzuhören, weil durch nichts die Tatsache aus der Welt geschafft werden könne, dass er damals einem Erschießungskommando angehörte. »Und nicht nur damals«, fügte er hinzu, »nicht nur damals.«

Was also kann man da tun? Eine solche Mitteilung kann man einfach zur Kenntnis nehmen wie eine Information über einen liebenswürdigen Nachbarn, der jeden Nachmittag auf einer kleinen Bank vor seinem Haus sitzt; man kann sie empfangen wie ein längst beendetes Ritual, auf das man nicht mehr reagieren will; man kann verblüfft den Atem anhalten; man kann meinen, gleich sterben zu müssen, obwohl man noch nie gestorben ist und keine Vorstellung davon hat, wie man sich in diesem Augenblick fühlt. Vielleicht bleibt man aber einfach ohne Worte angesichts der Leere, die einen bis an die äußersten Grenzen ausfüllt. Wie absurd, denkt man, es ist nichts, und dennoch kann man nicht einmal die kleine Zehe bewegen?

So ungefähr stellt man sich das Herannahen des Todes vor, ist aber nicht zufrieden. Es fühlt sich an wie eine Pelerine, die plötzlich von selbst von der Schulter gleitet. Niemand kann einem erklären, wie das geschieht. Wie werden die Dinge auf einmal lebendig und warum sind sie von so kurzer Dauer? Um uns Mut für das Kommende zu machen, um uns auf die Stunde vorzubereiten, die unvermeidlich ist und der niemand entfliehen kann, wie wenn man die Schule schwänzt und so weit wegläuft, dass die Eltern einen tagelang suchen, laut nach einem rufen und dann die Hand hinters Ohr legen, in der Hoffnung, dass diese Kinder einmal zur Vernunft kommen werden. Oder aber nur so lange fernbleiben, bis sie erkennen, dass der Tod nicht schmerzt.

Im Grunde war er ein guter Vater. Er schrie uns nie an, prügelte uns nie, gab uns nie eine Ohrfeige. Nur kniff er uns manchmal, um, wie er sagte, festzustellen, ob wir in den letzten Tagen etwas zugenommen hätten. Das war richtig. Als wir klein waren, sahen meine Schwester und ich wie Vogelscheuchen aus, die mit unseren alten Blusen, Röcken und Strümpfen behängt waren. Ich weiß nicht, ob wir schlimmer mit Kleidern oder ohne sie aussahen, jedenfalls stockte bei unserem Anblick jedem der Atem. Ich weiß auch nicht, ob das die Folge einer Krankheit oder der dürftigen Ernährung war, fest steht nur, dass meine Schwester und ich, nachdem wir eingeschult worden waren, allmählich zunahmen und unsere Glieder, die bis dahin knochig wie bei unserem Vater waren, rund wurden wie bei unserer Mutter. Meine Schwester verwandelte sich in ein pummeliges Mädchen mit starken Schenkeln und großen Brüsten. Auch ich war pummelig, aber als ich anfing, Leichtathletik, genauer Weitsprung und Dreisprung, zu trainieren, wurden meine Muskeln fest, und die Fettpolster verschwanden für immer.

Dann aber meldeten sich bei meinem Vater Schwindel- und Gleichgewichtsprobleme. Doktor Stanković überwies ihn an einen Hals-Nasen-Ohren-Arzt. Der konnte keine Mittelohrentzündung feststellen, die Vaters Arzt als Ursache in Verdacht hatte, vermutete stattdessen nur einen starken Blutdruckabfall bei plötzlichem Aufstehen. Aber mein Vater glaubte das nicht. Er war überzeugt, dies sei die Folge einiger Prozesse, die sich in seinem Hirn abspielten. Wir, das heißt die Ärzte und ich, waren nach Vaters Meinung Mitglieder einer Geheimsekte, die sich einzig zum Ziel gesetzt habe, aus ihm einen unheilbar Kranken zu machen und ihn mit zusätzlichen Beschwerden, Medikamenten und Untersuchungen zu quälen. Dabei, so behauptete er, sei er früher immer kerngesund gewesen.

»Aber woher kommt dann dieser Schwindel«, fragte ich ihn, »etwa von meiner Tante?«

Wir saßen in der Praxis von Professor Radovanović, dem bekanntesten Spezialisten für Hals-, Nasen- und Ohrenkrankheiten. Er war gerade hinausgegangen, um sich nach dem Ergebnis der Urinanalyse meines Vaters zu erkundigen, das noch ausstand. Ich wollte wissen, warum man bei meinem Vater den Urin untersuchte, wo er doch Probleme mit den Ohren hatte, aber die Medizin war für mich immer schon ein Buch mit sieben Siegeln gewesen, daher versuchte ich gar nicht erst seine Begründung zu verstehen. Ich schloss die Augen, während Vater weiter flüsterte:

»Du hast doch gar keine Tante! Warum redest du einen solchen Unsinn?«

»Ich rede Unsinn«, flüsterte ich erregt, »aber was

sind dann deine dummen Behauptungen, es gebe eine Verschwörung gegen dich?«

»Das sind keine dummen Behauptungen!«

»Doch!«

»Wieso ist alles, was ich sage, etwas Schlechtes«, flüsterte er, »während du dir die schlimmsten Niederträchtigkeiten erlaubst und keiner unternimmt etwas dagegen?«

Wir verstummten beide. Hand aufs Herz, er hatte recht, zumindest in einem gewissen Maße, das konnte ich nicht leugnen. Ich dachte, ich sollte mich bei ihm entschuldigen, ihn vielleicht sogar in den Arm nehmen, aber wir verzichteten seit Langem auf Körpernähe, Intimität war für uns beinahe ein Schimpfwort. Ich stand ihm bei, weil das der ungeschriebene Familienkodex von mir verlangte, dessen Schwerpunkt auf der Fürsorge lag. Das Kind hatte sich Sorgen um seine Eltern zu machen, dieselben Sorgen, die seine Eltern sich früher um es machten. Die Sorge beruht auf Gegenseitigkeit und setzt die Abwesenheit von Egoismus voraus. Der passt nur zu der einseitigen, persönlichen Sorge, bei der man sich um niemand anderen außer um sich selbst kümmert. Nur wer gleichzeitig gibt und nimmt, kann auf das Licht am Ende seines Lebenswegs hoffen.

»Und ich? Was wird aus mir?«, flüstert mein Vater. »Wo bleibt mein Leben? Wo ist mein Weg?« Sein Gesicht wird schief, er vermittelt den Eindruck, als wolle er jeden Augenblick losheulen, aber das trügt. Ein kleiner Nerv hat einen Teil seines Gesichts gelähmt, deshalb sieht es auf den ersten Blick aus, als würde er gleich in Tränen ausbrechen. Im Nachhinein meine ich, dass dies eine Ankündigung seiner Krankheit war, nur ist kaum jemand in der Lage, solche Botschaften seines Körpers zu erkennen. Die Starre, die verlangsamten Bewegungen, das unnatürlich jähe Zucken, von einem stärkeren oder schwächeren Schmerz begleitet, – das ist jetzt die Geografie seines Lebens. Das Einzige, wovon er bisher verschont blieb, ist das Zittern der Hände. Ich weiß allerdings nicht, ob er deswegen glücklich sein soll oder nicht, denn einige Ärzte sind der Meinung, dass die Patienten, deren Krankheit anfangs lange Zeit nur leichte Symptome aufweist, später mit einem weit schwierigeren Verlauf zu rechnen haben. Die Krankheit manifestiert sich eigentlich bei jedem anders, als wolle sie sich total an seinen Körper und seinen Geist anschmiegen, seine ganz persönliche Krankheit sein. »Aber warum, warum musste das mir passieren«, sagt mein Vater mit gedämpfter Stimme, »was für eine Sünde habe ich begangen?« In diesem Moment geht die Tür auf und Professor Radovanović tritt herein. Er wedelt mit irgendwelchen Papieren, bleibt vor uns stehen und liest die Ergebnisse der Untersuchungen vor, erwähnt Leukozyten und Erythrozyten, danach verschiedene Vitamine und Mineralien, sodass ich ihm nicht mehr zuhören mag und, als die beiden ins Untersuchungszimmer entschwinden, in Schlaf versinke. Vater weckt mich und sagt, es sei Zeit, nach Hause zu gehen. Der Professor habe ihn gründlich untersucht und nichts gefunden. Für alle Fälle, sagt er, habe er ihm die Ohren gereinigt. Das könne nicht schaden.

Aber in Petrušina nahe Zemun glitten ihm zwei Kartenspiele aus den Händen und die Blätter lagen über die ganze Bühne verstreut. Zuerst bemerkte das ein Junge, dann begann ein Mädchen zu kichern, danach wieherte ein junger Mann in der letzten Reihe auf und am Ende bebte der ganze Saal vor Lachen. Dieses Lachen hatte mehrere Aspekte. Es verriet die Erleichterung darüber, dass der erzieherische Unterricht so gut zu Ende gegangen war. Für meinen Vater jedoch war das erst der Anfang. Er verfügte, keiner dürfe den Saal verlassen, ehe sich die meldeten, die mit dem Lachen angefangen hatten. Laut meinem Vater kam als Erster der junge Mann aus der letzten Reihe auf ihn zu. Es stellte sich heraus, dass er niemanden in Petrušina kannte und angeblich aus Novi Sad kam. Das war meinem Vater verdächtig, aber er sah keine eindeutige Spur, die er hätte verfolgen können. Der junge Mann schaute ihn heiter, mit weit aufgerissenen Augen, ohne jegliche Angst an, und mein Vater, so gestand er mir, wusste nicht, was er tun sollte. Das Ansehen der Partei und ihre ganze Struktur waren infrage gestellt, gerieten in eine Schachmattposition, sodass er keine Möglichkeit mehr zum nächsten Zug hatte. Er suchte den Sekretär der örtlichen Parteizelle auf und fragte ihn, wer bei seiner täglichen Arbeit für ihn das größte Problem darstelle. Als er den Namen des Dorfpfarrers hörte, jaulte er vor Freude. Nichts machte er lieber, als auf einem Popen zu reiten, und dieser Pope erwies sich dafür wie geschaffen. Er ließ sich wortlos auf alle Viere fallen und erlaubte meinem Vater untertänig, ihn zu besteigen. Vater gab ihm die Sporen und rief: »Schneller, schneller!« Dann suchte er den angeblich aus Novi Sad stammenden jungen Mann auf und befahl ihm, auf dem Popen zu reiten. Zum ersten Mal empfand er dabei keinen Spaß, er sah in dem Popen mit errötetem Gesicht das, was er in Wirklichkeit war: ein gewöhnlicher Mensch, der, vor die Wahl gestellt, bereit war, sich für das zu entscheiden, woran er glaubte, für eine bessere und schönere Welt, aufgebaut auf dem Einklang alles Bestehenden. Oh, wie er sich wegen solcher Gedanken hasste! Auf langweiligen Parteizusammenkünften saß er und knirschte mit den Zähnen, um nicht den Mund aufzumachen und sich als Lügner und Provokateur zu entlarven. Das Straßentheater, an dem er auch weiterhin teilnahm, befriedigte ihn immer weniger, obwohl er es immer noch genoss, jemanden zu verprügeln, einem Popen die Barthaare auszureißen, einem Großbauern seine Hühner und Schweine freizulassen. Am meisten gefiel ihm das mit den Schweinen. Die pflegte er aus dem Stall zu jagen und befahl dann dem Bauern und seiner ganzen Familie, sich im Schweinestall in den feuchten Mist zu legen und dort Schweine und Ferkel zu spielen. Während sie grunzten, leierte mein Vater die übliche Liste ihrer vermeintlichen Untaten herunter, wobei er ihnen Kollaboration mit Staatsfeinden und Ausbeutung der Arbeiterklasse vorhielt. Das Schlimmste sei gewesen, sagte Vater bei einem unserer Spaziergänge, dass er an all das geglaubt habe und sogar stolz auf sich gewesen sei, weil er überzeugt war, etwas Großartiges für die neue Gesellschaftsordnung zu leisten. Er habe geglaubt, sagte er, sie seien die Vorboten der neuen Welt, die im Bewusstsein des Genossen Lenin und des Genossen Stalin sowie natürlich auch des Genossen Tito im Entstehen war. Hatte er denn je daran gedacht, dass dabei etwas von ihm selbst stammte, das Ergebnis nur seiner Gedanken war, und dass dies, was es auch gewesen sein mochte, genauso all diejenigen beeinflusste, die ihm zuhörten und allein in ihm den Schöpfer und damit auch den Schuldigen an allem, was geschah, sahen? Aber wie hätte man daran denken sollen in einer Zeit, in der die Partei und das System tadellos funktionierten und es nicht einmal das leiseste Anzeichen gab, irgendjemand könnte ihnen etwas anhaben?

»Sie müssen ihn unterstützen«, sagte sein Arzt zu mir, als ich versuchte, ihm mein Dilemma zu erklären. »Was hat das jetzt mit seiner damaligen politischen Überzeugung zu tun? Wie viele Jahre sind seitdem vergangen? Und wer denkt überhaupt noch an diese Dinge?«

Ich sah ihn an und holte geräuschvoll Luft.

Der Neurologe sah mich lange an, mir wurde klar, dass er mich verstanden hatte. »Goli Otok, die Nackte

Insel?«, fragte er und wartete auf mein Kopfnicken. »Wie lange war er dort?«

»Neun Monate«, sagte ich. »Zunächst hat er dafür gesorgt, dass jemand ins Zabela-Gefängnis in Požarevac gesteckt wurde, später hat sich dieser bei ihm damit revanchiert, dass er ihn nach Goli Otok schickte.«

»Und seit wann wussten Sie davon?«

Ich zuckte mit den Achseln. »Ich glaube, schon immer. Er hatte nie einen Hehl daraus gemacht, weil ihn das in unser aller Augen als einen Märtyrer erscheinen ließ und es im Grunde eine willkommene Camouflage seiner wahren Schuld war.«

»Und die war?«, fragte der Neurologe.

Er sah mich lange an mit ähnlichem Verständnis wie vorhin, aber ich beantwortete dennoch seine Frage. »OZNA, UDBA«, sagte ich, »das Piesacken der Priester und Großbauern, die Beschlagnahmung von Schmuck und Goldstücken, Sie können sich aussuchen, was Ihnen davon am besten passt.«

Der Neurologe ließ einen kurzen leisen Pfiff vernehmen, als rufe er einen unsichtbaren Hund. Dann begann er sich am Kopf zu kratzen. »Und Sie«, fragte er mich, als er mit dem Kratzen fertig war, »sind Sie bereit, ihm zu verzeihen?«

Ich schwieg.

»Ich weiß«, sagte der Neurologe, »es ist nicht leicht, damit fertigzuwerden, dass der eigene Vater in einem gewissen Abschnitt seines Lebens ein Ungeheuer war.«

»Er war kein Ungeheuer! Er hat nur getan, was das System von ihm verlangte!«

»Es ist nicht meine Sache, über ihn zu urteilen«, sagte der Neurologe. »Ich will Sie nur darauf aufmerksam machen, dass Sie nicht mehr viel Zeit haben, ihm das zu sagen. Vorausgesetzt, natürlich, dass Sie es sagen wollen.«

»Natürlich«, sagte ich.

Der Neurologe kratzte sich wieder am Kopf. »Ich sage Ihnen das, weil nach den jüngsten Befunden zu urteilen die Demenz jetzt schneller auf ihn zukommt, und sobald sie ihn erreicht, wird ihm Ihre Vergebung nichts mehr bedeuten.«

Jetzt kratzte auch ich mich am Kopf. Der Neurologe hatte recht: Wenn die Demenz meinen Vater wirklich in ihre Klauen bekäme, wäre jede Vergebung überflüssig und seine Seele weiter wer weiß wie großem Leid ausgesetzt. Ich war nicht sicher, ob überhaupt jemand weiß, was mit dem Intellekt des Menschen in der Demenz geschieht, war jedoch irgendwie davon überzeugt, dass alles, was geschieht – oder besser gesagt, was nicht geschieht –, von einem großen Schmerz begleitet ist. Der Körper mag mit letzter Kraft ächzen und schnaufen, die Seele aber ist der Ort, an dem man die ganze Zeit intensiv den Schmerz empfindet. Meine Mutter pflegte zu sagen: »Die Seele braucht das Fegefeuer«, und ich habe erst viele Jahre später begriffen, was sie damit sagen wollte, obwohl ich nicht einmal jetzt sicher bin, ob ich sie richtig verstanden habe.

Kurzum, die Seele muss das Fegefeuer durchlaufen, damit sie nach dem Chaos des Lebens auf ein friedliches Ausruhen hoffen darf. Anderenfalls bleibt sie in den Randgebieten der Folterkammern stecken, im Vorhof der Hölle. Ich hoffe, niemand wird dies als mein plötzliches Eintauchen in die Religion begreifen, denn stand ich schon früher der Religion recht fern, war das wenig im Vergleich zu meinen jetzigen feindlichen Gefühlen ihr gegenüber, die mit jedem Tag stärker werden, wenn ich auch nur oberflächlich das Geschehen in der Welt um uns herum verfolge und dabei immer wieder auf die Gier aller Kirchen nach materiellem Gewinn stoße, demselben Gewinn, den sie ihren Mitgliedern gegenüber verteufeln und von denen sie verlangen, auf ihn zu verzichten. Alles in allem, der Kirche zu glauben ist der schlimmste und, wenn man so sagen darf, der verlogenste Glaube, den der Mensch sich aussuchen kann. Und doch ist dieser Glaube in bestimmten Augenblicken eine Quelle unerschöpflichen Glücks und Trostes, vor allem wenn es um die Menschen geht, mit denen man am engsten verwandt ist.

Ich kann nicht genau den Tag, den Monat und das Jahr nennen, als er begann, sich mir anzuvertrauen, am Anfang stotterte er, begann einen Satz, unterbrach ihn und begann von Neuem. Es sah aus, als widersetzte sich jede Zelle seines Körpers dem Vorhaben, die ganze Geschichte, besser gesagt eine *ausgewählte* Version derselben zu erzählen, denn ich konnte beim besten

Willen nicht daran glauben, dass mein Vater, nach jahrelanger Mystifizierung seines Lebens, auf einmal beschließen sollte, jemandem, zumal dem eigenen Sohn, seine Biografie in ihrer ursprünglichen Version anzuvertrauen. Damit wir uns verstehen: Keiner von uns verlangte von ihm, er solle sein Leben erzählen, er selbst hatte diesen Entschluss gefasst. Nicht einmal der Tod seiner Frau, unserer Mutter, hatte das bewirken können. Während ihrer Beisetzung entflohen seiner Brust Schmerzensschreie, die die meisten Menschen im Trauerzug hinters Licht führen mochten, aber nicht meine Schwester und mich. Die Art und Weise, wie er sich zu ihr während ihrer Krankheit benommen hatte, vor allem als klar wurde, dass es für sie keine Rettung mehr gab, war – milde gesagt – eines Schuftes würdig gewesen. Als sie mit kahlrasiertem Kopf aus dem Krankenhaus nach Hause kam, hörte er nicht auf, sie mit Kopfnüssen zu traktieren und zu verlangen, sie solle das Licht in ihrer Birne ausmachen, da er gewohnt sei, im Dunkeln zu schlafen. Er diktierte ihr Aufgaben in Serbisch und Mathematik und quälte sie dann wegen ihrer schlechten Noten. Gelegentlich befahl er ihr, auf einem Bein zu stehen, da dies, wie er betonte, die beste Art sei, den Gleichgewichtssinn zu üben.

»Er ist verrückt«, sagte ich oft zu meiner Schwester. Sie war der gleichen Meinung, wusste aber nicht, was wir unternehmen sollten. Wir hätten ihn natürlich bei der Polizei anzeigen können, aber er hatte, obwohl schon ein altgewordenes und überholtes Parteimitglied, noch genügend Beziehungen zur Polizei und den Gerichten, um unsere Beschwerden und Klagen vereiteln zu können. Mutter war seltsamerweise auf seiner Seite, wohl weil sie das Produkt einer Gesellschaft war, in der die Frau praktisch keine andere Rolle hatte, als Kinder zu kriegen, Kühe zu melken, Brot zu backen und am Ende zu sterben. Sie schwieg und flackerte infolge ihrer Krebserkrankung wie eine Kerze, die tropfenweise erlischt. Meine Schwester und ich versuchten abwechselnd, ihr Mut zu machen, ihr etwas einzureden, woran niemand von uns glaubte: dass die Rettung um die Ecke, sozusagen in Reichweite zu finden sei, sie brauche nur ihren Arm auszustrecken und die Finger lang zu machen. Dort befand sich natürlich keine Heilung, aber wir waren dennoch von der Bereitschaft der Kranken fasziniert, ihr Leben, wie angeschlagen es auch immer war, um jeden Preis zu erhalten. Hunderte Rezepte sind durch unsere Hände gegangen, Mutter hat fast alle vorgeschlagenen Medikamente ausprobiert, aber keines von ihnen zeigte Wirkung. Hätte jemand ihr damals die Flügel einer Fledermaus als Heilmittel empfohlen, hätte sie sich wahrscheinlich auf die Suche danach gemacht, hätte die Flügel auf kleinem Feuer gebraten und mit Lust verspeist. Einige dieser Quacksalbermittel kosteten ein kleines Vermögen. Obwohl die Schwester und ich uns bemühten, diese Ausgaben vor unserem Vater zu verheimlichen, mussten wir manchmal doch Geld von ihm leihen, und er gab es uns gern, denn das bot ihm eine zusätzliche Möglichkeit, unsere Mutter zu quälen. Und so, statt ihr zu ermöglichen, ihre schmerzerfüllten Tage friedlich, im Kreise der engsten Familie und ihrer liebsten Freunde zu verbringen, ließ er sie Tränen vergießen, während er ihr jeden Misserfolg im Leben vorwarf, vor allem, wenn es um die Kinder ging, die sie, wie er behauptete, mit wer weiß wem gezeugt habe. Während er sich im Bemühen, die kommunistische Ideologie zu verbreiten, auf Dienstreisen abrackerte, habe sie es kaum erwarten können, den erstbesten Schuft, den sie auf der Straße oder auf dem Wochenmarkt aufgabelte, ins Bett, in ihr *gemeinsames Ehebett* zu zerren, was leicht zu erkennen sei, wenn man die Gesichter der Kinder mit seinem vergleiche. Wer eine Ähnlichkeit mit seinen Gesichtszügen finde, pflegte er am Ende zu sagen, sei total unzurechnungsfähig. Diese Kinder seien, wiederholte er immer wieder und wies dabei mit dem Zeigefinger auf uns, die Frucht von Orgien mit dem Satan. Es sei nur eine Frage von Tagen, behauptete er, bis auf unseren Stirnen zwei kleine Hörner wüchsen, ein untrügliches Zeichen der Verbundenheit mit dem Teufel. Ich weiß nicht, warum er derart vom Teufel besessen war, als entstammte er einer tiefreligiösen Familie, in der die Auseinandersetzung mit dem Teufel zur täglichen mentalen Hygiene gehört, aber manche Dinge müssen ungeklärt bleiben, denn auch das Unwissen gehört zum fein austarierten Gleichgewicht der Welt und muss so bleiben, wie es ist. Meine Schwester und ich zuckten nur mit den Achseln. Wir ließen ihn übrigens nach

Herzenslust erzählen, unter der Bedingung natürlich, unsere Mutter in Ruhe zu lassen. Sie erlosch wie ein Streichholz, und allmählich blieb von ihr nichts mehr übrig. Am härtesten traf das die Zwillingstöchter meiner Schwester, die nicht die goldene Regel begreifen konnten, wonach einer die Welt verlassen muss, um einem anderen Platz zu machen. Sie saßen oft stundenlang am Bett ihrer Oma, hielten ihre Hände und wischten ihr mit einem feuchten Tuch über das Gesicht. Etwas Ähnliches in Bezug auf ihren Opa, meinen Vater, haben sie später nie gezeigt. Er hat sie einfach nicht interessiert, er war nur einer der tiefen Schatten in der Welt und daher schwer erkennbar, beinahe unsichtbar. Nie habe ich mit ihnen darüber gesprochen, aber dafür gab es nur eine Erklärung: Sie haben ihm nie sein Verhalten gegenüber ihrer Oma, meiner Mutter, verziehen. Sie hassten ihn nicht, noch verachteten sie ihn, sie konnten ihm einfach nur nicht verzeihen, dass er zu einem Ekel geworden war, während sie, ermattet und erschöpft, auf den Tod wartete.

So schleppte sich unser Leben dahin, ohne zu fragen, ob es uns gefiel oder nicht. Ich war drei Jahre jünger als meine Schwester, aber sie griff sehr schnell die Idee auf, dass ich gewissermaßen der Ältere bin. Zwei Jahre nach mir sollte unser jüngerer Bruder geboren werden, die Geburt war kompliziert, die Nabelschnur unentwirrbar um seinen Hals – man sollte sagen sein *Hälschen* – gewunden, und als er auf die Welt kam, war er schon tot, es war schon Zeit für ihn, in den Mutterleib zurückzukehren. Der Verlust ihres Kindes lastete schwer auf Mutters Seele, sie ging in der Wohnung auf und ab, redete völlig unbekannte, unsichtbare Personen an und versprach ihnen einen Teil von dem, was ihr im Testament zugedacht worden sei. Von einem Testament wusste natürlich niemand etwas, aber die Geschichte klang glaubwürdig, und so folgte unserer Mutter wie dem Rattenfänger von Hameln eine lange Schlange von Faulpelzen, Muttersöhnchen und Jammerlappen. Ich denke an jene Tage als die Tage des großen Nebels, die Tage, an denen der Nebel dick wie Milch war, und man nie wusste, ob man sich die Lippen lecken oder die Augenlider trocken tupfen sollte. Das Problem mit derartig nebligen Tagen war, dass man nie wusste, wo man sich wirklich befand. Alles sah gleich aus, jedes Ding glich dem anderen, und die Tür, die Tür, durch die man in Sicherheit gelangte, befand sich auf einer der Wolken, die stets schneller waren als jeder noch so hurtige Mensch. Einfach gesagt, so sehr man sich auch beeilte, man konnte sich selbst nie einholen, egal ob man sich auf dem richtigen Weg befand oder auf einem schmalen Pfad, der irgendwo weit weg über sieben Berge und sieben Meere in die Unendlichkeit führte.

Einmal fand ich ihn weinend in der Speisekammer. Er aß Walderdbeerkonfitüre und vergoss bittere Tränen über dem Einmachglas. Als er mich sah, holte er mit der Hand aus in der Absicht, mir eine Ohrfeige zu geben, stieß aber mit dem Ellbogen gegen eine Flasche mit Holundersaft, die auf den Boden fiel und zerbrach. Sein Gesicht wurde auf einmal starr, als wollte es sagen, er sei an nichts schuld, am wenigsten an dem, was geschehen war. So war es seit Jahren, so war es eigentlich schon immer. Man vergisst leicht und mit den Jahren wird die Kunst des Vergessens immer raffinierter. Es gibt Tage, denke ich, die keine Spur in meiner Erinnerung hinterlassen, sich vielmehr in ein riesiges Loch verwandeln, in dem alles abgeladen wird, was ich von diesen Tagen vergessen habe. Ich will sagen, niemand von uns ist mehr jung. Meine Schwester ist neulich zweiundsechzig geworden. Die Krampfadern an ihren Beinen malen ein großartiges Bild mystischer Blutbahnen. Hätte er das Licht der Welt erblickt, wäre mein ungeborener Bruder jetzt siebenundfünfzig Jahre alt. Und wäre unsere Mutter nicht gestorben, würde sie in diesem Jahr achtundsiebzig. Ich weiß nicht, was ich mit all den Zahlen anstellen soll, ich weiß nicht, ob sie mir in irgendeiner Hinsicht behilflich sein können; Zahlen ersetzen keine Menschen und ich kann noch so viel addieren, subtrahieren oder dividieren – vom Multiplizieren ganz zu schweigen –, es wird sich nichts ändern. Dennoch sind die Jahre eine Art Meilensteine, die wir brauchen, um uns im Koordinatensystem des Lebens zurechtzufinden. Bei meinem Vater zum Beispiel meldeten sich die ersten Krankheitssymptome schon im weit zurückliegenden Jahr 1980, wir aber waren damals mit den Symptomen der Krankheit unserer Mutter beschäftigt und jagten hinter verschiedenen Elixieren,

Balsamen und Salben her, die alle Heilung versprachen. Mutters Krankheit hat mich zugegebenermaßen nie so sehr beschäftigt wie die von Vater. Später dachte ich, meine Schwester und ich hätten bewusst eine Arbeitsteilung vereinbart, sie verbiss sich in Mutters Krankheit mit derselben Heftigkeit wie ich einige Jahre später in die Krankheit von Vater. Meine Schwester wusste alles über die unkontrollierte Zellteilung, darüber, dass durch die DNA-Mutation einer Zelle ihr Sterben aus dem Programm gelöscht wird, was die ungestörte Vermehrung von Zellen zur Folge hat, die dann unnötige Auswüchse, sogenannte Tumore, gutartige oder bösartige, bilden. Ich andererseits wusste alles über die Ausschüttung von Dopamin, über die Bradykinese und Mikrografie. Meine Schwester verbrachte ganze Tage (später, als die Schmerzen unerträglich wurden, auch ganze Nächte) an Mutters Seite; sie saß auf einem Stuhl neben ihrem Bett, bereit, auf jedes Wort von ihr, jeden Seufzer, jedes Erzittern hin aufzuspringen; nur manchmal nickte sie mit der Stirn auf Mutters Kopfkissen ein, wobei sich die Haarsträhnen der beiden verflochten, als sollten sie auf ewig vereint bleiben. Ich saß nicht an Vaters Bett, kümmerte mich aber genauso um ihn, wie es meine Schwester um unsere Mutter getan hatte. Während sie also neben Mutter gesessen hatte, ging ich neben Vater, half ihm, über Pfützen zu springen, zu baden, sich anzuziehen und sich zu rasieren. Manchmal, doch nicht sehr oft, summte ich ihm seine Lieblingslieder »Troika« und »Moskauer Nächte« ins

Ohr. Ich versuchte, mit meiner Schwester darüber zu sprechen, aber sie zeigte kein Interesse für meine Ausführungen über die mystische Kontinuität in der männlichen beziehungsweise weiblichen Familienlinie.

»Da gibt es nichts zu erzählen«, sagte sie, »du wirst geboren, du lebst, du stirbst ... Das ist alles!«

»Ohne jeden Sinn? Ohne eine Botschaft?«

»Was möchtest du hören: dass alle Seelen auf der Welt durch ein feines Gewebe miteinander verbunden sind und dass, wenn man eine berührt, alle bis zur letzten zu schwingen beginnen und dich so über das Geschehen in der Welt unterrichten?! Wenn es das ist, woran du glaubst, dann ist es höchste Zeit, dass du diesen Irrtum vergisst.«

»Woher weißt du, dass es ein Irrtum ist? Oder noch besser, woher weißt du, dass das, was du als Irrtum betrachtest, in Wirklichkeit nicht die versteckte Wahrheit ist?«

Sie zögerte einen Augenblick und sagte dann: »Ich will mit dir nicht diskutieren. Du bist mir zu teuer, als dass ich dich durch einen dummen Streit verlieren möchte. Unsere Welt ist voller Schurken und ich beginge einen großen Fehler, wenn ich dich wegen einer Sache fallen ließe, die im Grunde ... nicht von Belang ist.«

»Sag, dass du mich liebst«, sagte ich, »Sag, dass du mich wirklich liebst!«

»Natürlich liebe ich dich«, sagte sie, »keine Schwester hat einen solchen Bruder wie ich.«

»Wenn wir schon von der Liebe reden«, sagte ich, »müssen wir auch von ihrem Tod reden.«

Meine Schwester lehnte jedoch das Wort »Tod« ab, weil es, wie sie hinzufügte, das Eingeständnis einer Niederlage bezeichne. Deshalb verbrachte sie jede Sekunde bei unserer Mutter, schlief sogar auf dem Stuhl neben ihrem Bett, die Stirn auf ihr Kopfkissen gelehnt. Auf diese Weise, behauptete sie, verpasse sie keinen Seufzer oder Schluchzer der Mutter, kein Erzittern oder Flüstern, kein Stöhnen oder Schnalzen von ihr. Ich dagegen bin ein Spaziergänger. Ich weiß alles über Vaters Torkeln, über das Schlurfen seiner Füße über den Boden, über seine einknickenden Knie und die krumme Wirbelsäule, über die Augenblicke, in denen er das Gleichgewicht verliert und nach vorne, direkt auf die Nase fällt, die infolge dieser Stürze wie die Knollennase eines primitiven Säufers aussieht, wund, eitrig und voller Blutkrusten. Ich stehe dann vor ihm mit einem feuchten Taschentuch in der Hand, will ihn versorgen und weiß nicht, womit ich anfangen soll. Es gibt aber auch andere Stürze, solche, die keine blutigen Merkzettel, sondern blaue Flecken hinterlassen, sowie solche, deren Spuren nur im tiefsten Herzen aufgezeichnet bleiben, dort, wo die Scham einsetzt. Mit solchen Stürzen wird man am schwierigsten fertig, sie ähneln Kletterpflanzen, die die Fassade eines Hauses überwuchern, sodass keiner mehr weiß, wie es wirklich aussieht. Vater und ich eilen durch die Nacht. Ich möchte ihn über Mutter fragen, warum er so hässlich zu ihr war, selbst als er erfuhr, dass sie unheilbar krank war. Zu sagen, dass wir durch die Nacht eilen, ist jedoch maßlos übertrieben. In der Tat erzeugen seine krumme Wirbelsäule und sein Kopf, der vorragt und ihn nach vorne zieht, diesen Eindruck. Manchmal setzt er aber wirklich zu größerem Tempo an, das heißt, sein Körper tut es von allein, und ich muss ihm schnell beispringen, ihn an der Schulter oder um die Taille packen, sonst würde er im nächsten Augenblick zu Boden fallen. Er würde nicht einmal versuchen, das Gleichgewicht zu halten und den Sturz zu vermeiden; er würde mit den Händen in den Manteltaschen direkt auf die Stirn, die Wange oder die Nase fallen. Dass es Nacht ist, spielt keine Rolle, dasselbe ereignet sich auch am Tag, außerdem machen wir selten nächtliche Spaziergänge: nur wenn das die einzige Art ist, seine Schlaflosigkeit zu bekämpfen. Manchmal schläft er mehrere Nächte nicht, und ich wundere mich, wieso er dann tagsüber wach bleibt. Ich setze ihn vor den Fernseher, suche einen langweiligen Kanal, eine Diskussion über die Tagespolitik oder ein Programm über neue Tendenzen in der zeitgenössischen Kunst, überzeugt, dass jeder, selbst ein Pferd, dabei einschlafen würde. Aber nicht so mein Vater: Er bleibt wach, beginnt sich sogar für das Diskussionsthema zu interessieren und besteht später darauf, dass ich ihm Bücher dazu besorge oder ihn zu entsprechenden Ausstellungen bringe. Wie auch immer, er schläft tage- und nächtelang nicht, und die Medikamente, die der Doktor ihm empfohlen hat, zeigen keine Wirkung. Aber dann, mitten in einem Gespräch oder einem Spaziergang kauert er sich plötzlich zusammen und schläft ein. Mehrere Male ist er mitten am Tag auf einer Bank an der Uferpromenade eingeschlafen, und ich musste Freunde anrufen, damit sie mir halfen, ihn nach Hause zu bringen. Wir wankten unter seiner Last und mühten uns ab, ihn in ein Auto zu packen. »Gott verzeih mir«, sagte einer von ihnen, »so viel wiegt nicht einmal ein Toter.« Ich schwieg, ich wusste nicht, was ich dazu sagen sollte.

Ja, das war ein sonderbarer Tag. Ich meine den Tag, als er sagte, er wolle mir etwas erzählen. Er habe lange darüber nachgedacht und am Ende doch beschlossen, sich alles frei von der Seele zu reden. Im ersten Augenblick hatte er nicht klar gesagt, was er mir erzählen wollte, und als ich ihn etwas später fragte, warum er damit zögere, statt einfach zu sagen, was er auf dem Herzen habe, lächelte er nur säuerlich und meinte, er habe nichts auf dem Herzen, vielmehr liege sein Herz tief unter manchem anderem wie unter einem Haufen Stallmist begraben, und er müsse erst diese Last wegräumen, die er jahrelang aus Angst vor der Konfrontation mit der Wahrheit als Tarnung, als Schutz vor sich selbst dort angehäuft habe. Aber alles habe sich aufgelöst, sagte er, als er von seiner Krankheit erfuhr, die er immer schon als eine der schlimmsten Krankheiten betrachtet hatte, er konnte also getrost annehmen, sie sei eine Strafe Gottes. Er, sagte er und sah mich dabei streng an, er, der nie etwas mit Gott und mit der Religion am Hut gehabt hatte, habe sich auf einmal als ein Spielzeug in Gottes Händen gesehen. Schlicht gesagt, Gott habe ihn für seine frühere Gleichgültigkeit ihm gegenüber bestraft, ihm mit gleicher Münze sein Bespucken von Ikonen, Kreuzen, Fresken und ewigen Lichtern sowie sein Beschmutzen des Namen Gottes heimgezahlt. Und das habe er mit solcher Wucht getan, dass er nicht umhin konnte zu glauben, Gott wolle ihn total vernichten. Nachts wurde er von derartigem Herzrasen wach, dass er meinte, sein Kopf stecke in einer Trommel, oder, noch schlimmer, er wachte in vollkommener Stille auf, überzeugt, sein Herz habe schon längst aufgehört zu schlagen und er sei nach allem zu urteilen unwiderruflich tot. Wegen all dem, sagte er bei unserem ersten Gespräch, habe er beschlossen, mir alles zu beichten, mir die ganze Geschichte seines Lebens zu erzählen und sich Erleichterung dadurch zu verschaffen, dass er wenigstens einen Teil der Last loswürde. Sanft lächelnd teilte er mir mit, was ich wisse, sei nur ein Bruchteil dessen, wovon er mir erzählen wolle.

So fing das an. Mutter war inzwischen gestorben. Ihr Tod ließ, ich wage es zu behaupten, alle Symptome von Vaters Krankheit wieder ausbrechen, und zwar mit einer unglaublichen Wucht. Schon Jahre zuvor hatte er manchmal beim Gehen geschwankt, war mit Mühe Treppen hinaufgestiegen, hatte, wenn er sich plötzlich umdrehte, kurz das Gleichgewicht verloren. Nach Mutters Tod aber wankte er wie ein Seemann, der nach mehrmonatigem Aufenthalt auf einem Schiff Festland betritt. Seine Schultern sanken herab, sein Rückgrat krümmte sich, seine Füße erzeugten ein unangenehmes Geräusch, weil er über den Asphalt schlurfte. Als ich zusammen mit ihm seinen Neurologen, Dr. Stanković, aufsuchte, behauptete dieser, die Krankheit meines Vaters sei bis vor Kurzem in einer relativ leichten Form verlaufen, habe sich aber unter einem Schock anscheinend verschlechtert. Er wisse nicht, was geschehen sei, offensichtlich handele es sich um etwas, was in seinem Leben eine entscheidende Rolle gespielt habe.

»Eine entscheidende Rolle«, wiederholte ich, »nein, das kann nicht Mutter gewesen sein.«

»Seine Mutter ist gestorben?«, fragte der Neurologe erstaunt. »Wie alt ist sie denn gewesen?«

»Nein, nicht seine Mutter«, beeilte ich mich richtigzustellen, »sondern unsere Mutter und seine Ehefrau. Zwischen den beiden stand es nicht zum Besten. Ich glaube nicht, dass ihr Tod ihn besonders erschüttert hat.«

»Bei den Schocks weiß man nie, woran man ist. Sie haben ihre geheimen Wege, die niemand kennt. Wenn ich die jetzige Verfassung des Patienten sehe, den ich seit mehreren Jahren beobachte, wage ich zu behaupten, dass der Tod seiner Ehefrau seinen Schutzschild beträchtlich beschädigt hat, hinter dem er sich vor den neugierigen Blicken der Leute versteckt hatte.«

»Und was soll ich jetzt tun?«

»Seien Sie ständig in seiner Nähe. Erlauben Sie ihm nicht, erneut eine Mauer um sich zu errichten. Wenn Sie das zulassen, wird man sie nie mehr einreißen können, und es besteht die Gefahr, dass er für immer in einem kleinen Raum eingeschlossen bleibt.«

»Und ich soll jetzt so tun, als ob sich in der Welt um uns herum nichts verändert hätte, als gäbe es noch immer jenen weiten Raum, der ihm und mir gleichermaßen gehört?«

»Nein, Sie dürfen ihm nichts vormachen. Er weiß, dass er sich verändert hat, und wenn er sich verändert hat, ist die Welt um ihn herum auch nicht mehr dieselbe. Erlauben Sie ihm lediglich, das zu akzeptieren, ohne Klagen, ohne Schmerz, ohne Wehmut. Gehen Sie mit ihm so viel spazieren, wie er nur aushalten kann. Besuchen Sie bekannte und unbekannte Orte. Anfangs wird er Ihnen nicht trauen, aber mit der Zeit wird er sich allmählich öffnen und sein tägliches Pensum verlangen wie – verzeihen Sie den Vergleich – ein Hund, der seinem Herrchen die Leine bringt, um ihn daran zu erinnern, dass der Augenblick zum Ausgehen gekommen ist.«

Vater öffnete sich nicht gleich. Im ersten Augenblick gefiel ihm der Gedanke, jeden Tag auszugehen gar nicht, vor allem, weil das ein mehrmaliges Umziehen erforderte, denn zuerst musste er die Straßenkleidung und nach dem Spaziergang die Hauskleidung anziehen. Das Anziehen bereitete ihm immer mehr Probleme. Er versuchte das mit Interesselosigkeit zu kaschieren und behauptete, er habe alles gesehen, was es draußen zu sehen gebe, aber seine Finger hatten in Wirklichkeit schon längst aufgehört ihm zu gehorchen und verloren die Fähigkeit, kleine, feine Bewegungen zu vollziehen wie Hemdknöpfe auf- und zumachen oder die Schnürsenkel an den Schuhen zu binden. Gleichzeitig wurden seine Hände schwach, er schaffte es nicht mehr, den Hosengürtel festzuschnallen. Wenn er versuchte, ein Hemdchen über den Kopf zu ziehen, verwandelte dieses sich in ein dunkles Labyrinth, das ihn an den Rand der Panik trieb. Aber ich blieb hart und verlangte von ihm, sich so zu kleiden, als gingen wir – wie er sagte – in die Kirche. Woher wolle er wissen, fragte ich ihn, während ich ihm in das Sakko half, wie man sich für die Kirche kleide, wenn wir nie in einer Kirche gewesen seien? Für einen Augenblick war er still, dann sagte er, ich würde mich wundern, wenn ich wüsste, was er alles wisse. Ich wollte die Gelegenheit nutzen und ihn dazu bewegen, mit seiner Erzählung wenigstens anzufangen, aber er ließ sich nicht erweichen. Er sah mir direkt in die Augen und sagte: »Du musst wissen, das ist vorerst alles, was du von mir zu hören bekommst!« Ich wusste es und setzte ihn deshalb nicht weiter unter Druck. Mir war klar, er hatte beschlossen, sich mir anzuvertrauen, aber er wollte es selbst bestimmen, wann und wo, und das war mir recht. Übrigens, seit ich mich um ihn kümmerte, sah ich immer mehr ein, dass ich eine Aufgabe übernommen hatte, die den ganzen Tag in Anspruch nahm, jeden Tag, gleich ob es ein Samstag, ein Freitag oder ein Sonntag war. Morgens half ich ihm, sich aus dem zerknautschten Schlafanzug herauszuschälen und die Hauskleidung anzuziehen: die Hose eines Trainingsanzugs und ein Hemd mit kurzen oder langen Ärmeln, je nach dem Wetter draußen. Das klingt einfach, war aber viel komplizierter, als man es sich vorstellt. Sein Schlafanzug war oft feucht vom Schweiß und klebte am Rücken und am Bauch; ich zerrte daran mit aller Kraft, als wollte ich ihm den Kopf abreißen. Zu den Strümpfen hatte er ein besonderes Verhältnis, er teilte sie in verschiedene Kategorien ein: für Wochentage, fürs Wochenende, für Feiertage; einige für kühles, andere für frühlingshaftes Wetter. Wehe mir, wenn ich ihm an einem gewöhnlichen Wochentag Feiertagsstrümpfe über die Füße stülpte. Dann geriet er in Wut, die wie ein loderndes Feuer alles um ihn versengte. Ähnliche Kategorien gab es auch bei anderen Kleidungsstücken, zum Beispiel bei Hemden oder Hosen, von den Krawatten ganz zu schweigen. Ich wusste nicht, dass er früher einen solchen Wert auf Kleidung gelegt hatte. Meine Schwester und ich hatten ihn nur mit größter Mühe dazu bringen können, eine Trainingshose zu kaufen, die er zu Hause tragen sollte. Tagelang weigerte er sich dann, sie anzuziehen, unter dem Vorwand, sie sei ein gewöhnlicher Fetzen und kein Kleidungsstück. Deshalb versuchten wir auch gar nicht, ihn zu überreden, sie draußen bei unseren Spaziergängen zu tragen.

Jetzt bedauere ich, dass ich mir nicht wenigstens die wichtigsten Daten notiert habe, an denen die Erzählung meines Vaters spielte, aber so ist es immer, wenn die Geschichte über einen Menschen von mindestens noch einem Dutzend anderer Gestalten handelt, die auf eine oder andere Weise Teil seiner Geschichte, seiner Persönlichkeit waren. Obwohl er sich immer als der totalitäre Herrscher in unserer Familie aufspielte, merkte jeder, der uns kannte, sofort, dass eigentlich unsere Mutter die Herrscherin war. Klein und still wie sie war, konnte sie Nichteingeweihte glauben lassen, mein Vater habe die Zügel in der Hand, aber das war nur der Anschein. Vater war zwar laut, fuchtelte mit den Armen, teilte manchmal Ohrfeigen und Kopfnüsse aus, aber Mutter bestimmte, wie lange ein bestimmtes Ereignis dauern und welchen Platz es auf der Liste bedeutender Familiengeschehnisse bekommen sollte. Ganz anders war das Verhältnis zwischen Vater und meiner Schwester. Ich wage zu behaupten, dass sie sich schon bei ihrer ersten Begegnung nicht leiden konnten. Diese Behauptung fußt auf Mutters Erzählung darüber, was geschah, als sie nach der Entbindung heimkam. Vater hatte meine Schwester noch nicht gesehen, da er nach ihrer Geburt nur einmal im Krankenhaus war, und zwar am späten Abend, als Mutter und Tochter schon schliefen. Also, als sie sich dann zum ersten Mal sahen, sollen die beiden einen schrecklichen Schrei ausgestoßen haben, als hätten sie, erzählte Mutter, voreinander Angst. Vater bekam prompt einen starken

Migräneanfall, und meine Schwester machte vor Schreck buchstäblich in die Hose. Ein Glück, meinte Mutter, dass Vater sie nicht auf den Arm genommen habe, sie wäre ihm aus den Händen geglitten wie ein altbackener Brotlaib. Das wiederholte sich jedenfalls immer wieder, bis meine Schwester fünf Jahre alt wurde und ihm plötzlich sagte: »Papa, Papilein, du liebst mich ja gar nicht.« Später lernte ich, dass man Mutters Erzählungen nicht immer für bare Münze nehmen durfte, aber diese Geschichte über meine Schwester und meinen Vater hat nie jemand widerlegt, zumindest nicht so, dass ich es hätte hören können.

Ich sollte mir all dies vielleicht noch einmal durch einen Kamerasucher anschauen, diesmal aber von oben, über ihren Köpfen, damit sie wie Gestalten aus einem laienhaften Animationsfilm aussehen. Punkte stieben in alle Richtungen, das Atmen bricht einträchtig durch die Haut, es folgen eine dumpfe Explosion, Rufe und Flüche, offensichtlich ist die Kamera ihrem Besitzer aus der Hand gefallen, in ihr kann man noch zwei oder drei Sekunden irgendwelche Flecken sehen, dann ist alles zu Ende.

Ich weiß nicht, warum ich jetzt über Bilder spreche. Vielleicht weil sie in Vaters Worten fehlten. Die Jahre, in denen er dem Regime und der Obrigkeit diente, hinterließen Spuren in seiner Sprache. Er redete immer im Befehlston, sogar wenn er lange Sätze bildete. In seiner Stimme hörte man immer entweder das Sausen einer Axt oder den stumpfen Schlag eines Gewehrkolbens.

Kurz gesagt, er war ein Unhold, davor will ich mich nicht drücken, so wie ich auch nicht um Verzeihung für ihn bitten will. Er ist erwachsen genug, um das notfalls selbst zu regeln, aber da er sich in all den Jahren, die diesen Ereignissen folgten, nicht dazu entschlossen hatte, konnte man kaum glauben, dass er es in den folgenden Jahren tun würde. Die Zeit hatte für ihn eigentlich keine klar definierte Grenze zwischen Vergangenheit und Zukunft. Im Unterschied zu den meisten Menschen, die sich in der sicheren Zone der Gegenwart eingerichtet haben, in der sie wie aus einer Theaterloge die Aktionen der Vergangenheit und die Taten der Zukunft kontinuierlich betrachten und kommentieren, existierte er in der Gegenwart gar nicht: Er war für uns entweder ein Mann der Vergangenheit, ausgestattet mit Anekdoten und Selbstverliebtheit, oder ein Mann der Zukunft, geschmückt mit einem Lorbeerkranz und umringt von brennenden Kerzen wie von einem warmen Labyrinth in den Gemächern der Nacht.

Als ich meiner Schwester eröffnete, ich hätte beschlossen, zu unserem Vater zu ziehen, meinte sie, ich sei verrückt. Und als ich ihr klarmachte, dass dies die einzige Möglichkeit sei, ihm zu helfen, denn falls ihm in seiner Wohnung etwas passiere, könne er, obwohl ich nicht weit von ihm wohne, es kaum schaffen, mich rechtzeitig anzurufen, bemerkte sie, ich sei nicht nur verrückt, sondern total bescheuert.

»Siehst du denn nicht, dass er dich einfach ausnutzt?

Er ist dahintergekommen, dass du ein naiver Dummkopf bist, den er um den kleinen Finger wickeln kann.« Sie sprach erregt, schnell, die Spucke bildete Bläschen auf ihren Lippen. »Wenn du das wirklich tust, wirst du bis an dein Ende sein Sklave sein. Wie lange hat er noch zu leben?«

»Du bist widerlich«, sagte ich, »hat dir das noch niemand gesagt? Übrigens, man stirbt nicht an der Parkinsonkrankheit, sondern an den Folgen ihrer Wirkung auf verschiedene Organe, das kann also zwei, drei Jahre oder aber mehrere Jahrzehnte dauern.«

»Und wer wird so lange die Blumen in deiner Wohnung gießen?«

»Wer? Du natürlich!« Das war die einzige Möglichkeit, ihren Versuch, sarkastisch zu sein, wenigstens ein bisschen abzumildern.

Nach einigen Sekunden des Schweigens meldete sie sich wieder und fragte: »Und wer wird für euch kochen?« Als sie merkte, dass sich auf meinem Gesicht ein Lächeln breitmachte, fügte sie schnell hinzu: »Du musst wissen, dass ich es nur dir zuliebe tue. Wenn du nicht wärest, würde ich das Ekel verrecken lassen.«

Ein Ekel bleibt ein Ekel, daran ist nicht zu rütteln, aber einen Vater gibt es in mehreren Ausführungen. Die eine betrifft seine Stellung in der Familie, ganz anders aber ist sein geschäftsmäßiges Gebaren, seine Rolle auf dem Schlachtfeld oder am Fließband in einer Automobilfabrik. Ich weiß, dass darüber unendlich viele Bücher und Studien verfasst wurden, dieses Geflecht von Realistischem und Imaginärem überwindet jedoch jeder auf seine eigene Weise. Auf jeden Fall ist es nicht einfach, mit der Tatsache konfrontiert zu werden, dass der Mensch, neben dem man aufgewachsen ist und der einem Liebe und Wärme spendete, einer der Bösewichte ist, die ganz oben auf der Liste der meistgesuchten Verbrecher stehen. Mein Vater – der Kommunist. Mein Vater – das Mitglied der OZNA. Mein Vater – verantwortlich für die Unterdrückung der Religion in den Dörfern der Wojwodina. Mein Vater – der Vollstrecker von Urteilen. Mein Vater auf dem Rücken des Popen Nikola. Mein Vater als mein Vater. Mein Vater als das Ende von allem und der Anfang von allem Übrigen. Mein guter Vater, der Wächter des Todes. Mein Vater, der all das und nichts von all dem ist. Mein Vater, der nicht mein Vater ist, so wie ich nicht sein Sohn bin.

Anfangs merkte man fast nichts. Seine linke Hand zitterte nur ganz leicht, von Zeit zu Zeit hob sich das linke Ende seiner Lippe oder sein oberes Augenlid, ebenfalls das linke, hing etwas schief. Die Krankheit beginnt einseitig, später wird sie beidseitig, allerdings gibt es keinen Hinweis darauf, wann das geschehen wird. Wenn der Erkrankte Rechtshänder ist und die Krankheit seine linke Seite befällt, wird er sie leichter ertragen, als wenn sie auf der rechten Seite seines Körpers aufgetreten wäre. Das war bei meinem Vater der Fall. Manche Tätigkeiten jedoch verlangen den Einsatz beider Hände, wie zum Beispiel das Hantieren mit dem Essbesteck, das Binden der Schnürsenkel, das Zuknöpfen eines Kleidungsstücks oder Ähnliches. Für all diese Tätigkeiten muss der Kranke sich an die Person wenden, die dazu bestimmt ist, ihm zu helfen. Später stellen sich die Probleme mit dem Gehen ein, die ebenfalls ganz individuell sind; einige Kranke beginnen früher, andere später, einen Fuß nachzuziehen, die Knie knicken ein und man entwickelt eine unsichere Gangart, begleitet vom Schlurfen der Schuhsohlen über den Boden und von der Unfähigkeit, schnell die Richtung zu ändern. Versucht der Kranke das, wird er schwer das Gleichgewicht halten können. Statt sich umzudrehen und eine neue Richtung einzuschlagen, wird er oft direkt auf die Nase fallen, außerstande, seinen Sturz auf irgendeine Weise zu vermeiden.

So, oft aber noch detaillierter, beschrieb ich meinem Vater verschiedene Aspekte seiner Krankheit. Am Anfang stieß ich bei ihm immer wieder auf Gleichgültigkeit und Verachtung. Ihm könne nichts von all dem passieren, pflegte er dann zu sagen; schließlich gab ich es auf und ließ ihn aus eigener Erfahrung lernen. Natürlich erst, nachdem er einige Male verschiedene Treppen und Steigungen heruntergepurzelt war, was den Bruch dreier Finger der linken Hand, des rechten Unterarms und der Nase (selbstverständlich nicht alles auf einmal, sondern bei verschiedenen Gelegenheiten) zur Folge hatte, begann er auf mich zu hören. Ich war nicht der Einzige, der erst einer Art Prüfung unterzogen werden musste, bevor er sein Vertrauen gewann.

Genauso prüfte er – genauer gesagt, quälte er – die Ärzte mit seinen Fragen zur Physiotherapie. Als wir begannen, täglich spazieren zu gehen, versuchte ich ihn dazu zu animieren draußen, im Freien, im städtischen Park oder auf der Uferpromenade, einige Übungen zu machen; es wäre aber leichter gewesen, einen Elefanten dazu zu bringen, über glühende Kohle zu laufen, als ihn zu überreden, einige einfache Übungen auf einer Bank am Donauufer zu machen. Rot vor Scham wie ein junges Mädchen starrte er auf den Boden zwischen seinen Füßen und flehte mich an, ich solle ihn nicht zu Dingen zwingen, die ihm nicht bekämen. Als das zum ersten Mal vorkam, spottete ich genervt: »Der revolutionäre Drache, das Schreckgespenst der Dörfer der Wojwodina, hat Hemmungen, vor den Augen der Passanten einige gewöhnliche Körperübungen auszuführen!«

»Machen Sie sich keine Sorgen«, tröstete mich sein Arzt, Dr. Stanković, nach einem meiner Klagelieder darüber, dass er sich offen gegen die Übungen sträubte, »selbst wenn er dadurch etwas verpasst, wird er es dank der regelmäßigen Spaziergänge wieder nachholen.«

Dr. Stanković war der Ansicht, dass die regelmäßigen Spaziergänge, ergänzt durch körperliche Übungen, für den Patienten viel besser und von größerem Nutzen seien als eine Abfolge physiotherapeutischer Übungen. In diesem Augenblick ging wie in einer Filmkomödie eine kleine seitliche Tür auf und der Physiotherapeut, Dr. Aleksandar Maksimović, in der Klinik als Aca Maxim bekannt, trat ein. Den Spitznamen hatte er, weil er unentwegt predigte, nur eine Übung, in die wir ein Maximum an Anstrengung investierten, bringe uns ein Maximum an Nutzen. »Nur so weiter, nur so weiter«, pflegte er zu sagen, während der Patient sich wand und stöhnte, »ein Maximum an Anstrengung für ein Maximum an Nutzen!« Diesmal aber sagte er verärgert zu Vaters Arzt: »Ich habe Sie gehört, werter Kollege, ich habe Ihre Worte gehört und ich weiß, wohin das führt! Bald werden Sie verlangen, dass die Physiotherapie aus der Klinik verbannt wird! Seit wann wirken Spaziergänge Wunder, handelt es sich nicht vielmehr um die Sturheit eines Patienten, der sich gegen Übungen wehrt und mit dem Sie, lieber Kollege, paktieren, nur um der Physiotherapie den Garaus zu machen?« Dr. Maksimović verließ verärgert Dr. Stankovićs Zimmer und schlug die Tür mit voller Wucht hinter sich zu. Alles hatte vor einigen Jahren seinen Anfang genommen, als Vater sich weigerte, unter der Aufsicht von Dr. Maksimović einige langweilige und eintönige Übungen zu machen. Damals stellte sich Dr. Stanković aus wer weiß welchem Grund auf Vaters Seite, was Dr. Maksimović zur Weißglut brachte. Dahinter verbarg sich bestimmt etwas anderes, aber ich wollte auf keinen Fall in ein Spiel um Autorität und Ansehen hineingezogen werden, das auf Vaters und damit auch auf meinem Rücken ausgetragen würde. Ich dankte Dr. Stanković für seine Liebenswürdigkeit und brachte meinen Vater nicht mehr zur Physiotherapie.

Die Spaziergänge haben sich als eine gute Wahl herausgestellt. Vater schwenkte beim Gehen zufrieden die Arme und dehnte, wenn wir auf einer Bank am Donauufer saßen, seine Beinmuskeln. Am liebsten trainierte er aber die Nackenmuskulatur, dazu schob er eifrig bei geschlossenen Augen und mit einem Lächeln auf den Lippen das Kinn nach vorn, bis es die Brust berührte, dann nach hinten, darauf zur linken und dann zur rechten Schulter, worauf ich den Befehl zum Aufbruch gab. Unzählige Male habe ich ihn ermahnt, er solle mit offenen Augen üben, weil er sonst, wenn er sie erst beim Umdrehen aufmachte, in der Absicht, den Spaziergang fortzusetzen, Gefahr laufe, das Gleichgewicht zu verlieren. Unzählige Male stolperte er über seine Füße, kam aus dem Gleichgewicht und fiel seitlich oder bäuchlings auf den asphaltierten Weg oder seltener auf die mit Gras, Klee oder Löwenzahn bedeckte Erde. »Einige Dinge lernt man nie«, flüsterte er, als lastete eine Sünde auf seinen Schultern, dabei stellte ich mir jedes Mal vor, sein Sturz ginge mit bitteren Gewissensbissen einher. »Du darfst nicht einmal im Traum auf die Idee kommen, ich hätte kein Gewissen«, sagte er, als könne er meine Gedanken lesen, »denn es vergeht keine Nacht, falls das als Maß gelten kann, ohne dass in meinen Träumen hinter jeder Kurve verschiedene Gestalten lauern.« Er machte einige Schritte auf eine Sitzbank zu, setzte sich aber nicht. Stattdessen stand er da mit krummem Rücken, schlaff herabhängenden Armen und schiefem Hals, und jemand, der ihn nicht kannte, hätte seinen Worten Glauben schenken können. Aber ich kannte ihn, er war mein Vater, sein Körper war auch meiner, so wie mein Körper seiner war, da war keine Täuschung möglich, eine Körperzelle belügt die andere nicht, die Protoplasmen erkennen einander, die beiden Herzen schlagen im gleichen Rhythmus, und dennoch musste ich alle Brücken abbrechen, alle Zäune sichern und mir in ihm sagen, dass sich manchmal sogar das Herz irrt und die plötzlich hilflos gewordene Zunge tief in der Mundhöhle liegt, jeglicher Bewegung unfähig.

Ich schwieg und wartete.

Er schwieg und wartete.

»Ich dachte«, sagte ich schließlich, »du warst für die UDBA tätig.«

Er schwieg noch einige Minuten, während ein Zug von Schleppkähnen die Donau herunterfuhr, und sagte dann: »OZNA oder UDBA – wo ist da der Unterschied.«

»Das weißt du besser als ich«, entgegnete ich.

Vater richtete sich auf, hob die Arme über den Kopf und reckte sich. »Nichts weiß ich besser als die anderen. Die Entscheidungen, die ich fällte, waren vorher abgesprochen und von Männern in höheren Positionen abgesegnet.«

»Was«, sagte ich, »willst du mir jetzt das alte Märchen auftischen, dass du keine Ahnung von etwas hattest und lediglich Befehle ausführtest?«

Er sah mir direkt in die Augen. »Ich hatte wohl eine Ahnung von dem, was ich wissen wollte. Wie übrigens alle anderen auch.« Ohne meine Antwort abzuwarten, drehte er sich um und ging weiter. »Das war genug für heute Abend«, sagte er, »gehen wir heim.«

Falls man unser Zuhause überhaupt ein Heim nennen konnte. Dieses Heim fiel einige Male völlig auseinander, schaffte es aber auf eine geheimnisvolle Weise immer wieder, sich zu erneuern, wurde allerdings mit jeder Erneuerung schwächer, immer unfähiger, den inneren zerstörerischen Kräften Einhalt zu gebieten, die es in verschiedene Richtungen zerrten. Ich versuchte vergeblich, sie zu beschwichtigen, sie davon zu überzeugen, dass es uns allen besser ginge, spielten wir im Windschatten dasselbe Spiel. Es gab immer welche, die andere von ihrer Macht oder ihrer Kunstfertigkeit überzeugen wollten, indem sie sich direkt dem aufziehenden, alles vor sich her peitschenden Sturm stellten. Deren anfangs selbstbewusstes Jubeln verwandelte sich schnell in Schmerzensschreie und Angstrufe, nach denen wieder Stille eintrat. Der Sturm hatte wie immer ganze Arbeit geleistet, und sosehr wir uns bemühten, die Reste derer, die draußen geblieben waren, zu finden, stießen wir nur auf den leeren, nackten Hof, übersät mit Glassplittern der zerbrochenen Fenster und mit Bettwäsche, die der Wind von der Leine gerissen hatte.

Das also war unser Heim, der Ort, den wir immer mehr verwüsteten, um uns selbst, wahrscheinlich auch den anderen, zu zeigen, dass uns an ihm lag. Erst jetzt sehe ich, dass dieses Heim nur eine zerbrechliche Konstruktion gewesen war, bestehend aus dem Unglauben, dass so etwas überhaupt möglich ist. Jahrelang zögerte ich morgens beim Aufstehen, die Füße auf den Boden zu setzen, aus Angst, statt des Bodens eine Leere vorzufinden und in einen erschreckend tiefen Abgrund zu stürzen. Und er war in der Tat erschreckend. Ich hätte mich ganz darin einrollen können als eine wunderschöne irdische Blume oder als ein glühender himmlischer Stern, aber das hätte niemand zu sehen vermocht. Ein unsichtbares Schwurgericht hatte mich zu zusätzlicher Unsichtbarkeit verurteilt, und mir blieb nichts anderes übrig, als anderen Menschen in den Nacken zu pusten, was mich keinesfalls in gutem Licht erscheinen ließ. Ich vermutete jedoch, dass die Dinge, wenn sie einmal einen falschen Weg eingeschlagen haben, Gefahr laufen, sich immer weiter zu entfernen. Die Wege vermehren sich wie Fliegen, und im Handumdrehen befinden wir uns in einem komplizierten Straßenknäuel, dessen Ende man nicht sehen, geschweige denn erraten kann, welche von den Fahrbahnen nach Hause führt.

So konnte ich mir wenigstens einbilden, mich auch weiterhin auf dem wirklichen Weg, beziehungsweise auf einem der wirklichen Wege zu befinden. In Wirklichkeit zerbröselte unsere Familie wie trockenes Brot. Meine Schwester und ich haben das natürlich nicht sofort erkannt. Kinder wissen nicht, sie ahnen nur, folglich wussten auch wir lange Zeit nicht, was genau wir ahnten, worauf die strengen Blicke unserer Mutter oder das heisere Murmeln unseres Vaters hindeuteten, wie die plötzliche Stille, die dem Hinausbrüllen von Flüchen und Beleidigungen vorausging, zu verstehen war. Hätten wir all das kapiert, hätten wir vielleicht etwas ändern können. Im selben Augenblick aber erkenne ich, wie absurd dieser Satz ist. Was können Kinder in einer solchen Situation tatsächlich bewirken? Sollen sie etwa die Eltern ermahnen, sich ordentlich zu benehmen? Nein, Kinder können nur auf den Augenblick warten, in dem sich in ihnen selbst etwas ändert und sie mit einem Mal reife Menschen sind. Da gibt es keine strenge Regel, einigen Kindern passiert das früher, anderen später, außerdem gibt es solche, bei denen es nie eintritt, die nie reif werden, und solche, die sofort überreif sind, fast wie halb verfaultes Obst.

Meine Schwester heiratete überraschend. Eines Tages brachte sie einen jungen Mann nach Hause, der auf den Namen Mićko hörte, als sei er ein gut dressierter Hund. Es war Zeit, zu Abend zu essen, und unsere Mutter war außer sich, weil sie nicht wusste, was sie ihm anbieten konnte. Es stellte sich heraus, dass Mićko gern Maisbrei aß mit Frischkäse oder mit Milch, ganz egal, und das versetzte Mutter in eine euphorische Stimmung, denn sie war der Meinung, ein Brei, vor allem der aus goldfarbenem Maismehl, sei (zusammen mit Boza) das gesündeste Gericht, das man sich gönnen könne.

Indes, trotz der guten Vorzeichen, die unsere Mutter im Maisbrei und der Boza sah, stellte sich bald heraus, dass die Ehe zwischen meiner Schwester und Mićko nicht gut funktionierte, zumindest nicht so gut, wie wir erwartet hatten. Immer öfter zogen sich Mutter und meine Schwester in die Küche zurück, wo sie hastig flüsterten, sich umarmten und sich eine an der Schulter der anderen ausweinte. Ich nahm an, sie verglichen ihre Schicksale, aber sicher war ich nicht, weil mir damals das Betreten dieses Raums verwehrt wurde und ich, auch wenn ich mein Ohr an die andere Seite der Tür, an die der Diele drückte, nichts hören konnte. Am Ende zeigte sich, dass Mićko, der mir sympathisch war, weil er mich mehrmals in Schutz genommen hatte, als die Eltern mich wegen kleinerer Übertretungen bestrafen wollten, im Grunde ein typischer Familientyrann war und darin in einigen Aspekten sogar seinen Schwiegervater, meinen Vater, übertraf.

Obwohl es mir nicht schwerfiel, mir vorzustellen, dass meine Schwester sich einen Mann ausgesucht hatte, der ihrem Vater möglichst ähnlich war, tat es mir leid, dass die Zwillingstöchter der beiden eine so harte Kindheit hatten. Mićko erlaubte ihnen nicht, Freunde und Freundinnen zu haben, er verbot ihnen Besuche zu machen, zwang sie, Nachhilfestunden in Mathematik und Englisch sowie Unterricht in Ziehharmonika und Geige zu nehmen. Wenn ich manchmal die Gelegenheit hatte, das armselige Gejammer der Geige und das Klopfen steifer Finger auf die Knöpfe der Ziehharmonika zu hören, versprach ich mir und den Zwillingsschwestern (obwohl ich es ihnen nie gesagt habe), sie sobald wie möglich in die Welt der Gegenkultur einzuführen. In einer Ecke meiner Bibliothek standen für sie bereit: ein Band mit ausgewählter Lyrik von Allen Ginsberg, der Roman *Unterwegs* von Jack Kerouac, Gedichte von Gary Snyder, eine dicke Anthologie der Haiku-Poesie, *Die Pforten der Wahrnehmung* von Aldous Huxley und noch drei oder vier weitere Bücher. Ich glaubte, dies würde genügen, sie auf das Leben auf diesem Planeten vorzubereiten. Später habe ich noch weitere Bücher hinzugefügt: einen Erzählungsband von Jerome David Salinger, *Hundert Jahre Einsamkeit* von Gabriel García Márquez, Ivo Andrićs *Wegzeichen* und am Ende Shel Silversteins *Der Baum, der froh und glücklich war*. Anfangs, als ihr Vater wie ein Habicht über sie wachte, wirkten sie mir nicht wie eifrige Leserinnen, als er aber wegging, entstand eine große Leere, die sie bald mit Lesen zu füllen begannen. Auf diese Weise waren die Zwillingsschwestern auf Überraschungen jeglicher Art vorbereitet, und man kann ruhig behaupten, dass sie trotz verschiedenen Versuchungen ihrem Gelübde treu blieben, das sie mir einmal im September, ein oder zwei Tage vor dem Beginn des neuen Schuljahres, gegeben hatten. In der Tat, kein schweres Rauschgift ist in ihre Hände und noch weniger in ihr Nervensystem gelangt.

Man muss zugeben, dass dies in unserer Zeit ein großer Erfolg war. Mein Vater sah darin keine besondere Leistung, denn das Universum, in dem er lebte, kannte solche Substanzen nicht. Seine Welt war damit beschäftigt, die Treue zum Einparteiensystem unter Beweis zu stellen, Wege zu finden, sich bei ihm lieb Kind zu machen und die Bereitschaft zu bekunden, ein widerspruchsloser Mitarbeiter zu sein. Ich weiß nicht, ob diese Einsicht mich enttäuscht oder gegenüber meinem Vater noch verbitterter gemacht hat. Jetzt war es ohnehin für jegliche Veränderung zu spät, außerdem spürte ich, dass Vater an Veränderungen auch gar nicht interessiert war, vor allem am Anfang, als die Erzählung noch über seine oft lächelnden Lippen sprudelte. In solchen Augenblicken stopfte ich die geballten Fäuste in die engen Taschen der Jeanshosen und flehte ihn an – natürlich nicht laut – zu schweigen und nie mehr zu reden.

Aber er sprach weiter. Ein Wort holte das andere ein, die Geschichte wollte leben. In seinem fünfzehnten oder sechzehnten Jahr wurde er »politisch bewusst« und schloss sich den jungen Kommunisten an. Zwei Jahre später stand er an der Spitze des Ortskommitees zur Feststellung der persönlichen und gesellschaftlichen Verantwortung, was ihn zu einem der mächtigsten Männer im neuen System machte. Das hatte er am meisten Dušan Ivkov zu verdanken, einem Nachbarn, der in seiner Freizeit mit ihm Schach spielte. Ivkov hatte ihm beigebracht, Risiken einzugehen und die Welt als eine komplexe Schachpartie zu betrachten, in der alle entweder die eine oder die andere Farbe tragen. »Sieh mal an«, sagte Ivkov, »die Zeit der Könige und der Königinnen ist vorbei, jetzt siegt das werktätige Volk, also das Proletariat, mit Hilfe der leichten Kavallerie und der schweren Artillerie. Also, alles, was du lernen musst«, betonte Ivkov, »ist, kein Risiko zu scheuen, den Gegner zu täuschen und ihn glauben zu lassen, dass du ihn von der Seite angreifen wirst, von der er es erwartet, aber sobald er sich auf diesen Angriff konzentriert, vollführst du eine Wende und versetzt ihm einen Schlag dort, wo er ihn am wenigstens vermutet. Dabei kümmerst du dich überhaupt nicht um Verluste, du opferst bewusst alle Bauern mit Ausnahme des einen, dem es beschieden ist, sich in die neue, erneuerte Königin zu verwandeln, in eine Königin des Geistes und der Freiheit im Gegensatz zu der ursprünglichen Königin, die ein Sinnbild der Aristokratie und der überholten Werte war.«

So weit mein Vater, wobei dieser Teil nicht am Anfang seines Erzählens stand. Er redete so, wie ihm die Dinge gerade einfielen, heute das eine, morgen das andere, übermorgen etwas Drittes, ohne auf meine Anregungen oder Fragen einzugehen, mit denen ich ihn dazu bringen wollte, die Geschichte an der Stelle fortzuführen, wo er sie am Tag zuvor unterbrochen hatte. All dies ließ an ein riesiges Flussdelta denken, bei dem sich der Hauptstrom in eine Unzahl von Armen teilt, die überkreuz fließen, manchmal kurz zusammenkommen und wieder auseinandergehen, zahlreiche Inselchen und falsche Arme hinterlassend, die sich dann in kleinere oder größere Seen oder sumpfige Tümpel verwandeln, in die einzutauchen es sich nicht lohnte. Aber am Anfang seiner Erzählung konnte man das seinen Worten nicht entnehmen. Er musste sich schon an die erste Begegnung mit seiner späteren Frau, unserer Mutter, erinnern, damit sich ein Lächeln über sein ganzes Gesicht verbreitete. Ohne eine Spur von Angst (oder sie hatte sich diese nicht anmerken lassen) hatte sie vor dem legendären Kommissar gestanden und verlangt, man solle von der Beschlagnahmung ihres Vermögens absehen. Und als er die Unterhose erwähnte und ihr zu verstehen gab, sie habe nur die Wahl zwischen der Unterhose und den Zöpfen, fand sie sich blitzschnell zurecht und entgegnete frech: »Die Zöpfe gebe ich nicht her und eine Unterhose habe ich nicht!« »Wieso trägst du keine Unterhose«, sagte er verwundert, »jeder hat doch eine Unterhose!« Auch sie besitze eine, sagte sie, nur habe sie zu spät daran gedacht, sie zu waschen, denn man müsse, wenn man zur Obrigkeit will, genauso wie wenn man zum Doktor gehe, eine saubere Unterhose anhaben, und so sei sie noch nicht trocken gewesen. Das hat ihm, meinem späteren Vater, so gut gefallen, dass er mit ihr nach Hause ging, um sich zu vergewissern, dass ihre Unterhose wirklich auf der Leine im Hof hing. Und tatsächlich, im Hof schaukelte ganz einsam auf einer langen Leine ein hellblaues Höschen. Er befühlte es, die Unterhose war noch feucht, so wie sie behauptet hatte. Meine spätere Mutter hob ebenfalls die Hand und befühlte sie, und so standen die beiden in jenem Hof und hielten sich an der Unterhose fest wie Schiffbrüchige an einem gekenterten Boot. So verharrten sie, bis irgendwo weit weg im Westen die Sonne unterging und tiefe Dunkelheit herabsank. Bis dahin war auch die Unterhose trocken geworden und danach, erzählte Vater, sei alles viel leichter gewesen. Er sagte nicht, was genau er damit meinte, aber ich glaube zu wissen, was das war. Sonst hätte er bei diesen Worten nicht auf diese Art gelächelt.

Ja, so war das einmal, heute aber will er sich Viagra besorgen und betritt ohne das geringste Zögern die Apotheken, an denen wir bei unseren regelmäßigen Spaziertouren vorbeikommen. Einige Apothekerinnen finden das, wie ich sehe, sympathisch; eine hat mir sogar offen gesagt, sie möge meinen Vater so sehr, dass sie am liebsten zusammen mit ihm, den Kopf an seinen Oberschenkel gelehnt, neben einem Ofen einschlafen würde. Ich überbrachte diese Nachricht meinem Vater, aber er hatte bereits seine Entscheidung getroffen und wollte sie nicht mehr ändern. Er hatte sich für Nadica beziehungsweise Nadežda entschieden, die Krankenschwester, die in der Abteilung von Vaters Neurologen Dr. Stanković tätig war. Von ihr habe er bestimmte Signale erhalten, sagte er, die ihm zu verstehen gaben, dass sie ebenfalls Interesse an ihm habe, vielleicht nicht so sehr – bestimmt nicht so sehr wie er an ihr – aber ein gewisser Missklang, eine gewisse Störung im Gleichgewicht zwischen ihnen sei nötig. Die Liebe beginne nicht mit einem idealen, harmonischen Verhältnis zwischen zwei Personen, sagte Vater, am Anfang müsse es vielmehr einen Missklang geben, der mit der Zeit verschwindet und somit einen neuen Anfang, echte Liebe ermöglicht. Voller Bewunderung hörte ich mir sein Plappern an und bemühte mich, es wie eine Fotoserie festzuhalten. Dieses Gespräch hätte auch länger dauern können, aber ich hatte den Eindruck, dass bereits alles gesagt war. In einer Apotheke kauften wir schließlich Viagra, Vater steckte die kleine Schachtel behutsam in die Innentasche seines Sakkos. Dort verblieb sie, bis es so weit war, das Sakko in die chemische Reinigung zu bringen.

Ich bat meine Schwester, mir zu helfen. Sie untersuchte aufmerksam Vaters sämtliche Hosen- und Jackentaschen und legte die Papier- und Stofftaschentücher, Streichhölzer, Kleingeld und Knöpfe schön geordnet auf den Tisch. Am Ende fand sie die kleine Schachtel mit Viagra. Die Schachtel war leer. »Was soll das bedeuten?«, fragte meine Schwester und begann zu lachen. Ihr Lachen ähnelte eher einem Schluchzen, und in der Tat brach sie bald in Tränen aus.

»Dieser Unhold«, sagte sie, als sie wieder Herr ihrer Stimme war. »Die Welt geht unter, und er hat Sexgelüste im Kopf! Wer ist eigentlich die glückliche Gewinnerin? Kennen wir sie? Hoffentlich bekommen wir keine Probleme mit eifersüchtigen Ehemännern!«

Ich wusste auf diese Fragen keine Antwort. Ich konnte mich an keine Situation erinnern, in der er lange genug von mir getrennt gewesen wäre, um die blaue Pille einnehmen und ihre volle Wirkung abwarten zu können. Das versuchte ich meiner Schwester zu erklären, aber sie hatte das Prinzip der Wirkung dieser Pille offenbar nicht verstanden und wiederholte ständig, dass sich das gesamte medizinische Personal für wenig Geld prostituiere, sie aber dennoch nicht glauben könne, dass Krankenschwestern so gefühllos seien, für ein paar Kröten kranke Menschen auszunutzen, die nicht mehr imstande seien, ihr Tun real einzuschätzen.

Da musste ich aber laut protestieren: »Unser Vater ist doch nicht dement! Frage seinen Arzt, der wird es dir bestätigen!« Meine Schwester hörte für einen Augenblick auf, Vaters Sachen zu ordnen, und sah mich an. »Wie lange noch willst du dich selbst belügen? Natürlich ist er dement! Ist dir noch nicht sein verstörter Blick aufgefallen? Und dann die vielen Sachen, die er überall liegen lässt? Hast du mir nicht selbst erzählt, dass er nach fast jedem Spaziergang etwas vermisst?«

Dieses Gespräch brachte mich dazu, Vater zu fragen, was mit der Viagra geschehen sei, die er in der Tasche seines Sakkos aufgehoben hatte. Zunächst behauptete er, er wisse nicht, wovon ich spreche, aber als ich ihm die leere Schachtel zeigte, winkte er ab und versuchte ein plötzliches Lächeln zu verbergen.

Nichts mehr konnte ich aus ihm herausbekommen, deshalb begab ich mich einige Tage später zum Büro von Vaters Arzt in der Absicht, Nadica zu sprechen, die Krankenschwester, die – zumindest in der Fantasie meines Vaters – der Ursprung der ganzen Geschichte mit dem Kauf von Viagra war. Auf der Bank im Korridor vor dem Besprechungszimmer, wo sich gewöhnlich die Patienten drängten, saß niemand. Auf einem an der Tür angebrachten Zettel stand: »Treten Sie nicht ein, ohne aufgerufen zu sein.« Darunter wurden in kleineren Buchstaben die Patienten informiert, Doktor Stanković sei krank. Noch weiter unten schrieb jemand in noch kleineren Buchstaben: »Und wann kommt er wieder?« Darunter, ganz am Ende der Seite hatte jemand in ganz großen Lettern vermerkt: »Dr. Stanković ist das Gesetz!!!«

Dann ging eine andere Tür auf und Nadežda trat in den Korridor. Ihr Blick glitt über mich hinweg, es war klar, dass sie mich gar nicht bemerkt hatte. Da durfte ich nicht zögern. Ich pflanzte mich vor sie und sagte: »Nadica, ich brauche Ihre Hilfe.«

»Ich kann Ihnen nicht helfen«, sagte sie und winkte ab. »Doktor Stanković ist krank. Er kommt nächste Woche.«

Sie versuchte, sich an mir vorbeizudrücken, aber ich rückte nicht zur Seite, sie musste stehen bleiben. »Mich interessiert nicht Doktor Stanković, Sie interessieren mich.«

Endlich schaute sie mich an. »Ach ja, jetzt erkenne ich Sie! Sie sind der Sohn dieses netten, witzigen Greises!«

»Witzigen Greises«, wiederholte ich. »Gut, dass er das nicht gehört hat! Es hätte ihm nicht gefallen.«

Nadica zuckte mit den Achseln. »Ich kann nichts dafür. Die Wahrheit lässt sich nicht verbergen.«

»Mich interessiert nur, ob Sie wissen, was mit seiner Viagra passiert ist.«

»Nichts. Was sollte damit passiert sein?«

»Ist er nicht über Sie hergefallen, hat er Sie nicht belästigt?«

»Ein netter Greis wie er? Wie stellen Sie sich das vor?«

»Was ist wirklich geschehen?«

»Als er kam und mir die Viagra zeigte, riet ich ihm, sie mit etwas Wasser einzunehmen, und sich für eine halbe Stunde auf eine Bank im Wartezimmer zu setzen. Danach, sagte ich ihm, werden wir entscheiden, was weiter zu tun ist.«

»Und er hörte auf Sie?«

»Er saß mucksmäuschenstill auf der Bank, und als ich wieder kam, fragte ich ihn ganz laut, ob er eine Erektion habe. Die anderen Patienten wurden aufmerksam und begannen, ihn anzustarren, er errötete wie eine Mohnblume, stand auf und ging wortlos hinaus.«

So wurde das Rätsel namens Viagra gelöst, aber ich vermutete, dass Vater noch nicht bereit war aufzugeben. Die Erstarkung der Libido ist eine Folge seiner Krankheit, solche Dinge waren also zu erwarten gewesen. Es wäre merkwürdig, wenn sie ausgeblieben wären. Aber wenn er glaube, sagte ich ihm, ich würde ihm in solchen Situationen auf irgendeine Weise helfen, irre er sich gewaltig. Auch die Liebe zu den Eltern habe ihre Grenzen, sagte ich, man könne ihnen nicht jeden Wunsch erfüllen. Damals hatten wir gerade den Reiz unserer gemeinsamen Spaziergänge entdeckt, schwiegen aber meist noch. Wir mussten uns erst aneinander gewöhnen, unsere Schritte und Atemzüge einander anpassen und lernen, dem, was wir sagten, zuzuhören. Das klingt einfach, aber im Falle meines Vaters ist nichts einfach. Außerdem hatten wir zunächst kein gemeinsames Gesprächsthema, ich berichtete von irgendwelchen sportlichen Ereignissen, gab den Inhalt einiger Filme und Fernsehserien wieder, machte ihn auf Angler aufmerksam und auf die Vögel, die um sie herumflogen und sie mit ihrem Kreischen daran erinnern wollten, ihnen wenigstens ab und zu einen kleinen Fisch zuzuwerfen. Aber eines Tages passierte etwas, wodurch sich alles änderte. Bei einem unserer Spaziergänge sah Vater nämlich einen Mann, bei dem er nicht sicher war, ob er ihn von früher kannte oder ob er jenem nur ähnlich war, und er konnte trotz größter Mühe diese Frage nicht beantworten. Auf jeden Fall, gleich ob es sich um diesen gewissen Mann handelte oder nur um eine Kopie von ihm, war Vater danach nicht mehr derselbe. Er wirkte, als habe man ihn von einer dicken Schutzschicht befreit, die seine wirklichen Gesichtszüge, Stirnfalten und schlaffen Augenlider verdeckt hatte. Damals, als er diesen Menschen sah, war ich hinter ihm zurückgeblieben, um kurz eine Schulfreundin zu begrüßen, und als ich ihn einholte, stand er da wie gelähmt, als hätte er ein Gespenst oder ein Trugbild gesehen. Sobald ich dahinterkam, was passiert war, eilte ich zurück und schaute jedem Passanten ins Gesicht, obwohl ich gar nicht wusste, wen ich suchte. Bis zum Ende des Spaziergangs blieb Vater stumm, und ich, seinen Beschluss respektierend, schwieg ebenfalls. Am nächsten Tag allerdings begann er zu reden und wollte gar nicht mehr aufhören.

»Mach langsam«, sagte ich zu ihm, »ich verstehe nichts von dem, was du mir erzählst. Außerdem erwähnst du Fetzen von Bibelzitaten, als müsste ich wissen, was sie bedeuten – eine Bitte oder einen Fluch, Traum oder Wirklichkeit, das Rad des Schicksals oder die Karte der Ungewissheit. Du musst dich konzentrieren und entscheiden, was dich, oder genauer gesagt, uns betrifft, denn ein »ich« besteht aus einer Vielzahl von »wir«. Lass mich dir erklären, wie ich das sehe: Auf allen Fensterscheiben, auf allen großen Glasflächen werden die gespiegelten Bilder, die uns die Welt ja so zeigen sollen, wie sie angeblich aussieht, gravierend verzerrt und gebrochen.«

»Jetzt mach du mal langsam«, sagte er, »jetzt verstehe ich nicht, wovon du redest. Welche Zitate aus der Bibel sollen das sein? Ich habe nie die Bibel zitiert, und wenn du es schon genau wissen willst, ich habe sie auch nie gelesen. Einige Male habe ich es zwar versucht, aber die langen Aufzählungen der Vorfahren und der Stadtchronisten haben mich schnell gelangweilt, oder waren das angesehene Bürger und wohlhabende Großgrundbesitzer? In allem habe ich damals nur das Ergebnis von Klassenkämpfen gesehen, auch die Aufzeichnungen der Bibel waren für mich nichts anderes. Alle darin enthaltenen Geschichten sprachen von der Abschaffung der Sklaverei und der Einführung eines gerechteren Systems, in dem die Arbeiter und die Bauern die Macht übernehmen.«

»Du hast vergessen, die redliche Intelligenz zu erwähnen.«

»Auch die redliche Intelligenz, natürlich«, fügte Vater hinzu. »Wie konnte ich sie nur vergessen?«

Es stellte sich heraus, dass es sich um eine einfache Geschichte handelte, um den Kampf meines Vaters, eine möglichst gute Position in der neuen Volksherrschaft zu ergattern. Jung, aufgeweckt und frech, gab er damals das ideale Bild dessen ab, das den Herrschenden vorschwebte. »Und das Wichtigste von allem war«, sagte Vater, »dass ich keine Spur von Reue zeigte: Spielend konnte ich mit falschen Anschuldigungen erreichen, dass jemand bei lebendigem Leib gehäutet oder gepfählt wurde, ohne aber deswegen Gewissensbisse zu spüren. Ich saß nur da und lächelte weise, während ich in Gedanken das kleine Einmaleins von ein mal eins bis zehn mal zehn wiederholte. Von welch großartiger Schönheit ordentliche Zahlenreihen sind! Wären die Zahlen Bäume in einem Wald, wie gut könnte man auf der Erde zwischen ihnen schlafen!«

Ich versuchte, mir meinen Vater auf einem Waldweg schlafend vorzustellen, aber wie sehr ich mich auch bemühte, sein Bild in mir abzurufen, ich schaffte es nicht. Außerdem erinnerte ich mich an keinen gemeinsamen Spaziergang entlang eines Waldbachs. In Erinnerung behielt ich nur das Eintreten in die Dunkelheit, in das feuchte Herz der Nacht. Bis dahin überraschte Vater mich damit, dass er immer wieder plötzlich den Rhythmus beim Gehen und beim Sprechen änderte. Als ich schon glaubte, der Augenblick sei gekommen, in dem die Welt ihre erkennbaren Koordinaten offenbarte, lösten diese sich auf, und Vaters Erzählung verwandelte sich in etwas völlig anderes. Die ganze Zeit konnte ich mich jedoch nicht des Eindrucks erwehren, dass er mich langsam in ein äußerst verzwicktes Spiel hineinzog, in dem ich wie in Treibsand versank. Es ging nicht um die Aufrichtigkeit seiner Erzählung, ich bin überzeugt, dass alle Angaben, alle Namen und Orte genau stimmten. Mein Vater war nicht imstande zu lügen. Ich weiß, dass diese Behauptung unglaubwürdig klingt in Bezug auf jemanden, der den Segen genoss, der herrschenden Klasse anzugehören, zumal in einem politischen System, das vorgab, keine Klassen zu kennen, klassenlos zu sein. Alles, was er tat, behauptete mein Vater, habe der Untermauerung eben dieser Klassenlosigkeit gedient. Sie hätten, behauptete er weiter, nur ein Ziel vor Augen gehabt: diejenigen zu entlarven, die ihren Klassenstatus, ihre Zugehörigkeit zu den Großgrundbesitzern, den Großkaufleuten, den Kapitalisten und den Royalisten bewahren wollten, diejenigen, die die Arbeiter und die Bauern ausbeuteten und sich dabei auf die unsinnige Behauptung stützten, irgendein Gott habe dieses System geschaffen, ein System, das, weil Gott unfehlbar sei, ebenfalls unfehlbar sei.

»Das kannst du nicht verstehen«, sagte Vater spöttisch. »Du bist in einer Gesellschaft aufgewachsen, in der alles schon anders war. Zwar gab es noch die Arbeiterklasse und es gab gute Kühlschränke voller verschiedener Speisen, aber es war nicht mehr DASSELBE! Ich kann dir einfach nicht erklären, was für dich am leichtesten gewesen wäre. Du und deine ganze Generation habt euch nie gefragt, ob Stalin überhaupt existierte, ob es ihn je gegeben habe. Man hat euch erklärt, Stalin gebe es nicht mehr, und er war einfach nicht mehr da. Als ich zum ersten Mal diese gotteslästerliche Vision hatte, musste ich, um mich zu Ende rasieren zu können, einen Hocker ins Bad bringen, denn meine Knie zitterten so sehr, dass ich nicht länger vor dem Spiegel stehen konnte. Ich ging danach ins Zimmer, legte mich hin und zog mir eine Decke über den Kopf. Die Welt hatte sich auf einmal verändert. Ich traute mich nicht, irgendwohin zu schauen, ich traute mich nicht, irgendwohin zu gehen. In meiner Manteltasche hatte ich noch ein paar Münzen, aber damit wäre ich nicht einmal bis Novi Sad gekommen. Ich betrachtete aufmerksam das Gesicht der Person, die mir die vertrauliche Nachricht brachte, der Genosse Stalin sei verrückt geworden und man habe ihn in eine Anstalt für Geisteskranke gesteckt. Ich fragte diese Person, ob sie sicher sei, dass dies stimme, und sie, diese Person, fragte mich, ob ich so dumm sei zu glauben, dass irgendetwas geschehe ohne das Wissen dessen, der an der Spitze der Welt sitze. Unwirsch erwiderte ich, ich sei der Meinung, wir hätten schon längst den Göttern abgeschworen, und sehe keinen Sinn darin, die Entwicklung übernatürlicher Mächte zu bejahen. Wolle ich damit sagen, insistierte diese Person, Stalin sei wirklich Gott oder Gott habe endlich begriffen, wer von ihnen beiden der Höchste sei?« Er habe gespürt, sagte mein Vater, dass er zu weit gegangen sei, habe sich aber nicht mehr bremsen können. Das sei einfach stärker als er gewesen, das drehte sich in seinem Inneren wie ein Spanferkel im Backofen, das darauf wartet, dass die hohe Temperatur sinkt und sinkt und sinkt und am Ende erlischt. Als sie erloschen war, habe man ihn abgeführt.

Anfangs dachten meine Schwester und ich, die Symptome von Vaters Krankheit seien eine Folge der nervlichen Anspannung und der Auseinandersetzungen mit unserer Mutter. Unsere Familie fiel allmählich auseinander, das konnte man klar erkennen, aber wir taten alle, als merkten wir es nicht. So bin ich überzeugt, dass meine Schwester Mićko nur geheiratet hat, um unsere Wohnung verlassen zu können, um vor den unerträglichen Streitereien zu flüchten, um wenigstens die Nächte weit weg von den gegenseitigen Beschimpfungen unserer Eltern zu verbringen. Sie hat es mir übrigens selbst einmal gesagt, sie wäre damals verrückt geworden, hätte sie nicht Mićko geheiratet, und sie werde ihm dafür ewig dankbar sein, obwohl sie ihn später hasste wie die Pest und kaum erwarten konnte, von ihm geschieden zu werden. Aber bevor es so weit gekommen war, als wir noch eine Familie waren, musste sie weggehen: Mutter hatte sie vergebens gewarnt, sie auf Ungereimtheiten hingewiesen zwischen dem Benehmen »ihres Mićko« und seinen Behauptungen und Versprechungen, mit denen er um sich schmiss, als schütte er schmutziges Wasser aus einer Schüssel. Meine Schwester wollte schlicht und ergreifend die Umgebung verlassen, in der sie, wie sie sagte, schon beim Öffnen der Augen zu ersticken drohte. Hätte sie sich nicht zu diesem Schritt entschlossen, wäre sie bestimmt erstickt, erloschen wie eine Kerze, mitten im Zimmer in sich zusammengefallen wie ein leerer Sack. Sie sagte, in dieser Wohnung – in der Vater, Mutter und ich weiter lebten – gebe es eine so große Konzentration negativer Elemente, dass es ein Wunder sei, dass wir noch nicht eingegangen seien. Damals, sagte sie, sei sie von finsteren Ausstrahlungen unserer Wohnung so überzeugt gewesen, dass sie sich jahrelang Mićkos Kinderwunsch widersetzt habe und, als sie endlich schwanger wurde, ganz darauf verzichtete, uns zu besuchen, fest davon überzeugt, dass sie unter dem Herzen wer weiß welche Missgeburt trage. Die Mitteilung, dass sie Zwillinge gebären werde, erklärte sie im ersten Augenblick ebenfalls mit der Wirkung unserer Wohnung, genauer als eine Folge des Sich-Betrachtens im großen Spiegel im Zimmer unserer Eltern, in dem, so behauptete sie, man sich doppelt als zwei gleiche Gestalten sah. Dann wurde sie plötzlich still und gestand erst viel später, dass Mićko ihr gedroht hatte, er werde sich von ihr scheiden lassen, wenn sie weiter solchen Blödsinn erzähle. Sie tat es nicht mehr, trotzdem hat er sie verlassen, zwar viele Jahre später, aber das Verlassen ist immer ein Verlassen, egal wann es geschieht. Meine Schwester besuchte uns weiterhin nur selten, vor allem nach Mutters Tod. Sie konnte meine Bereitschaft, mit Vater zu leben, nie verstehen, selbst als feststand, dass er an Parkinson erkrankt war. Es störe sie nicht, sagte sie, wenn Vater jeden Tag mittags und abends zu ihr essen komme, aber sie werde ihm nie erlauben, die Nacht unter ihrem Dach zu verbringen. Ich zuckte mit den Schultern, bemerkte, jeder Mensch sei anders, und ging mit Vater spazieren.

Parkinson ist eine der Krankheiten, die das größte Mitleid hervorrufen, mehr sogar als Multiple Sklerose oder Brustkrebs. Ich weiß nicht, warum es so ist, habe aber unzählige Situationen erlebt, in denen die Andeutung, jemand sei wahrscheinlich an Parkinson erkrankt, ein fast hörbares Schluchzen auslöste. Im Unterschied dazu erregte der Krebs Respekt, vielleicht weil er die Annahme erlaubt, dass in dem Erkrankten sehr lange der Docht der vermeintlichen Heilung glimmt, was diesem merkwürdigerweise hilft, obwohl es schließlich doch in andauernden heimtückischen Schmerzen ohne jede Hoffnung endet. Am schlechtesten ergeht es natürlich den Personen, die HIV-positiv sind: Alle begegnen ihnen mit unverhohlener Empörung, obwohl die Ansteckung nicht allein von der Missachtung bestimmter moralischer Normen herkommen muss, sondern auch einer harmlosen Blutkonserve oder einer zufälligen Berührung einer infizierten Person geschuldet sein kann.

Aber die größte Angst verursacht den Menschen, wahrscheinlich wegen ihrer unklaren Definition, die Demenz. Bei Alzheimer scheint alles klar zu sein: Die Krankheit nimmt dich in ihre Arme, bevor dir bewusst wird, dass du krank bist, aber ab dann spielt sich alles nach einem festen Drehbuch ab, und jeder Tag kann nur noch als Verlust bezeichnet werden. Die Parkinsonkrankheit ist, wenn man das so sagen darf, viel raffinierter, und die Demenz, die sie verursacht, hat keinen geradlinigen Verlauf, sie bewegt sich auf völlig unüberschaubare Weise. So kommt es beispielsweise gelegentlich nicht zu dem erwarteten Verlust des Bewusstseins, während ein anderes Mal ein rapider Gedächtnisschwund eintritt, mit dem niemand gerechnet hat. Alles in allem ist das ein herrliches Gesprächsthema, insbesondere bei Bier und gegrilltem Fleisch, jedoch ein fürchterliches für die, die mit solchen Kranken leben müssen. Im Unterschied zu Mutter, die, wenn ich so sagen darf, nur für sich allein starb und mit ihrer Krebskrankheit lebte, ohne andere zu stören, empfand Vater seinen Parkinson als einen Unterhalter, zwar einen schwarzhumorigen, aber immerhin als einen Unterhalter, der gekommen ist, um andere Menschen zu »erfreuen«, indem er ihn als einen Menschen vorstellt, der für andere stirbt, der das Leben auf eine einzigartige Shakespeare'sche Weise auffasst als eine Geschichte, »die ein Idiot erzählt, voller Lärm und Wut, ein majestätisches Nichts«.

Ich spreche von all dem nicht, um meine Mutter als einen »besseren« Kranken als meinen Vater darzustellen. Es gibt keine »bessere« oder »schlechtere« Kranken. Es gibt nur das menschliche Unglück, das jeder Einzelne auf seine Weise akzeptiert und ausdrückt. Unsere Mutter war eine edle Seele, die gelernt hatte, vorsichtig auf andere Menschen zuzugehen, während unser Vater eine Art einsamer Wolf ist, der sich dadurch schützt, dass er sich selbst in den Mittelpunkt rückt, ohne Rücksicht auf die anderen.

Meine Schwester sagte einmal, unsere Mutter sei allein für sich gestorben, unser Vater hingegen tue das für andere. Niemand konnte ahnen, was Mutter für eine Krankheit in sich trug. Wenn wir ihr zum Beispiel halfen, einen Regenmantel oder ein Frühlingskostüm auszuziehen, sträubte sie sich dagegen, als »zögen wir ihr die Haut ab«, sie wehrte sich und schlug uns sogar auf den Handrücken, als spielten wir »rote Handschuhe«. Im Unterschied zu Vater genügte es, ihr etwas nur einmal zu sagen; ihm hingegen konnten wir manche Warnungen noch so oft wiederholen, er benahm sich, als hätte er sie nie gehört; ich habe ihm zum Beispiel tausendmal gesagt, er solle sich nicht zu schnell nach links oder nach rechts wenden, weil das zu einem Sturz auf den Bürgerstein führte, aber er tat es tausendmal, was mit wunden Knien oder mit blauen Flecken an den Hüften endete. Er ist wie ein widerspenstiger

Docht, der sich zu erlöschen weigert, Mutter war dagegen wie eine kleine Flamme, von der jeder wusste, dass sie nicht zu einem Brand entfacht werden konnte.

Aber gerade diese Unterschiede, sagte meine Schwester, hielten die beiden zusammen; all die Ablehnungen, die ausgesprochen wurden, nur um nicht einzugestehen, dass man sich verträgt; all diese Kraftausdrücke, weil sie nicht fähig waren, dem anderen beizupflichten oder ruhige Worte des Verständnisses zu finden; all dies hat es gegeben, nur um nicht zugeben zu müssen, anders, nämlich gleich zu sein.

Das konnte man, wenn ich mich nicht irre, auch an dem scheinbaren Unterschied der Dauer ihrer Krankheiten ausmachen: Mutter hatte ein galoppierendes Karzinom, eines von denen, die blitzschnell von einem Teil des Körpers zu einem anderen wandern, wobei sie eine Art Versteckspiel mit den Patienten, den Ärzten, den Krankenschwestern treiben und ihnen nicht erlauben, bei einer Diagnose zu bleiben. Die Ärzte änderten sie sozusagen jeden Tag, sogar jede Minute, bis sie sich selbst lächerlich vorkamen und jede Prognose zum Krankheitsverlauf mit ohnmächtigem Ausbreiten der Arme und schiefgezogenem Mund begleiteten. Andererseits war Vaters Form der Parkinsonkrankheit eine der langsamsten, der sein Neurologe, Dr. Stanković, während seiner Laufbahn begegnet war. Das sagte er mir, als ich ihn einmal recht barsch fragte, wann bei meinem Vater endlich die Hände zu zittern anfangen würden, was für mich bis dahin das deutlichste, wichtigste und erste Symptom dieser Krankheit war. Er nahm meine Hand und berichtete zerknirscht, als beichtete er, von der Unvorhersehbarkeit der Nervenerkrankungen, von denen manche sich so geschickt als etwas ganz anderes tarnten, dass man überhaupt nicht sicher sein könne, um welche Erkrankung es sich handele, und jede Diagnose wie eine Lotteriezahl sei, die den Hauptgewinn bringen, aber genausogut eine Niete sein könne. »Sie müssen Geduld haben«, sagte mir damals Dr. Stanković, »denn nur die Zeit kennt die Lösung solcher Rätsel.« Ich bedankte mich, nahm den Bericht, den er inzwischen geschrieben hatte, und verließ sein Zimmer. Draußen war es gar nicht kalt, aber alle meine Muskeln zitterten und ich klapperte mit den Zähnen, als hätte ich soeben splitternackt einen mit Neuschnee bedeckten Rasen betreten. Ich dachte, ich hätte ihn direkt ohrfeigen und ihm sämtliche Zähne ausschlagen sollen; dann, überlegte ich, hätte ich mich bestimmt besser gefühlt, denn Wut wärmt, ein wütender Mensch friert nie. Dieser Tag war ebenfalls ein Mittwoch; Dr. Stanković gab uns alle drei Monate immer mittwochvormittags einen Termin für die Kontrolluntersuchung in der klaren Absicht, wie er mir sagte, das Ritual eines allein uns gehörenden Tags zu schaffen, weil er aufgrund der Erfahrung mit vielen Patienten festgestellt habe, dass solche Rituale die Spannung zwischen Arzt und Patient verminderten und das gegenseitige Vertrauen stärkten.

Das war also ein Mittwoch, aber kein Mittwoch war jener Tag, an dem Vater den Mann erblickte, an dessen Namen er sich, wie er behauptete, nicht erinnern konnte. Das nämlich geschah an einem Donnerstag oder vielleicht Freitag am frühen Nachmittag. Es war Sommer, das Ende des Sommers, Herbstanfang, ein später Septembertag, wir hatten gerade das Gewirr der Nebenstraßen verlassen, die zum Zemuner Donauufer führen. In einer dieser Straßen, in einem kleinen Park, vollführte Vater regelmäßig auf einer Bank einige Übungen zur Stärkung der Arm- und Rückenmuskulatur. Ich hatte viel Zeit aufwenden müssen, ihn dazu zu überreden, während unserer Spaziergänge einige Übungen zu absolvieren. Wenn er sie ausführte, blieben nämlich Passanten verwundert stehen, stellten Fragen und gaben oft geschmacklose Kommentare ab. Am Anfang hätte Vater sie, wie er selbst sagte, am liebsten erschlagen; später gewöhnte er sich an sie, so wie man sich an alles gewöhnen kann, und wiederholte schweigend mit manch tiefem Seufzer seine Übungen, bis ich ihm zu verstehen gab, es sei genug.

Seine tiefen, schweren Seufzer kannte ich seit meiner Kindheit. Sie waren immer zu hören, wenn er sich schlafen legte, manchmal allerdings auch während der abendlichen oder nächtlichen Auseinandersetzungen zwischen Mutter und ihm. Diese Auseinandersetzungen waren, gelinde gesagt, merkwürdig, weil sie eigentlich aus zwei langen Monologen bestanden und eine Fülle von Personennamen und geografischen Bezeichnungen, Schilderungen und Ereignissen enthielten, über die ich – zumindest als ich sie damals hörte, wenn ich mein rechtes Ohr an die Wand drückte – fast nichts wusste; allerdings weiß ich über die meisten auch heute nichts. Einige habe ich später, viel später, in den Fragmenten seiner Bekenntnisse während unserer Spaziergänge wiedererkannt, aber damals bedeuteten sie mir nichts, vor allem nicht so viel wie jetzt, da ich scharf darauf bin, möglichst viel von ihnen zu erfahren und ihre anziehende Magie zu spüren, deren Existenz ich mir eingeredet hatte, während meine Ohrmuschel an der Wand immer kälter wurde. Vaters Seufzer, davon war ich fest überzeugt, waren die Antwort auf all die Geheimnisse, die die Monologe der Eltern nicht preisgaben. Mutter brauchte ohnehin nicht so viele Worte wie Vater, und ihr Schweigen war nicht so geheimnisvoll, es ähnelte eher den Pausen, während denen sie uns Zeit ließ zu begreifen, was sie hatte sagen wollen, damit wir sie nicht zu unnötigen Wiederholungen drängten. Andererseits brachten Vaters Seufzer, das muss ich gestehen, keine Lösung, vor allem als Mutter mich in das Zimmer meiner Schwester und sie in das meine verlegte. Meine Schwester hatte mich nämlich eines Abends dabei ertappt, wie ich dem Gespräch im Schlafzimmer unserer Eltern lauschte, und verpetzte mich – trotz meiner Bitten, das nicht zu tun, oder gerade deswegen – bei unserer Mutter, die mich sofort in ein entfernteres Zimmer steckte, in dem ich nur noch das Knarren der Nachbarstür und die erschöpften, halb toten Stimmen der Rundfunksprecher hören konnte, die in verschiedenen Sendungen die neuesten Nachrichten vorlasen.

Aber jetzt genug von den Seufzern. Übrigens, je länger und eifriger er die gymnastischen Übungen machte, umso seltener seufzte er. Er brauchte dann die Luft für seine Lunge, sein Blut und seinen Verstand, und nicht zu atmen wäre eine unnötige Vergeudung gewesen. Letztendlich konnten ihm die neugierigen Passanten mit ihren geschmacklosen Kommentaren nichts anhaben. »Begreifst du nicht«, fragte ich meinen Vater, während ich ihm half, seinen Spazierstock in die Höhe zu stemmen, »dass du für sie unantastbar bist und dass sie nicht existieren? Solange du schweigst, gibt es sie eigentlich nicht, erst wenn du redest, wirst du für sie erreichbar und auch verwundbar.« Anfangs schien es, als redete ich zu einem steinernen Geschöpf, zu einem Wesen, das aus einer völlig anders geordneten Welt stammte und nur an das glaubte, was es selbst für richtig erachtete. Er hob den Spazierstock hoch über seinen Kopf, seine Hände zitterten, als hielte er in ihnen vierhundert Kilogramm schwere Gewichte, und ich wusste, dass in diesem Augenblick für ihn nur eines infrage kam: dieser Schufte irgendwie habhaft zu werden und sie ordentlich zu verprügeln. Er musste sich aber zügeln, und das war für ihn eine solche Anstrengung, dass ihm Schweiß auf die Stirn trat.

»Zu meiner Zeit«, sagte er keuchend, während er versuchte, mit der Zungenspitze die Schweißperlen zu erreichen, die seine Wangen hinunterrollten, »hätten sie ein anderes Lied gesungen.«

Obwohl ich ihm tausendmal gesagt hatte, dass seine Zeit schon längst vorbei sei und ihm solche Klagelieder nichts nützten, fand er tausendmal Gelegenheit, sich wieder darauf zu berufen. Einige Male jedoch konnte (oder wollte) er sich nicht mehr beherrschen. In beinahe hysterischem Flüsterton sagte er mir, zu *seiner* Zeit wäre er in null Komma nichts mit diesem Mob fertiggeworden, von dem nach seiner Schätzung mindestens die Hälfte reif für das Lager sei.

Ich drehte mich um und sah mir die Handvoll neugieriger Passanten an, die uns aus der sicheren Entfernung von etwa zehn Metern beobachteten. »Dieser Mob, von dem du sprichst«, sagte ich meinem Vater, »besteht aus genau acht Personen.«

»Egal«, erwiderte Vater, »auf jeden Fall sollte man die Hälfte ins Lager stecken. Dann hätte man Ruhe.«

»In welches Lager?«, fragte ich, obwohl ich die Antwort schon wusste.

Vater sah sich um. Dann flüsterte er kaum hörbar: »Was heißt, in welches? In jenes … auf der Insel …«

»Auf der Nackten Insel?«, fragte ich.

»Wohin denn sonst?« flüsterte Vater. »Warum tust du so, als wüsstest du es nicht?«

Jetzt konnten wir problemlos mit diesen früher verbotenen Wörtern spielen, aber ich erinnere mich an andere Zeiten und welche Formen sie damals einnahmen. Zuerst beeindruckte uns die Abwesenheit: Es verschwanden Wörter, Menschen, manchmal auch Gegenstände, die mit ihnen in einer Beziehung standen. Dann vernahm man Flüstern, ein sicheres Zeichen, dass die Gefahr noch nicht vorbei war, dass sie sich nur in etwas anderes verwandelt hatte, das scheinbar harmloser, in Wirklichkeit aber viel gefährlicher war als das Vorhergehende, viel gefährlicher als die bisherige, in Haar verborgene Macht, etwas, das dem biblischen Samson glich. Damals verlangten meine Schwester und ich gemeinsam mittels zweier unartikulierter Schreie, da die Worte uns noch fremd waren, zu erfahren, wo unser Papa war und wann er endlich nach Hause käme. Wir brüllten und heulten dermaßen, dass uns die Adern an Stirn und Hals fingerdick anschwollen. Mutter aber ließ sich nicht so leicht erweichen. Die sie nicht kannten, dachten wohl, sie prügele uns in solchen Situationen einfach mit Weidenruten, aber sie bediente sich nie derart gewaltsamer Methoden – im Unterschied zu Vater, der über kein Sicherheitsregulativ verfügte und jeden Augenblick explodieren konnte.

Deshalb, wegen ebendieser Gefahr des Explodierens wahrten wir immer einigen Abstand zu ihm. Wir wollten nicht mit seinem Blut bespritzt werden, das »schwärzer als die einsame Nacht« war, wie unsere Mutter zu sagen pflegte, oder von seiner Galle, »bitterer als diese nutzlosen Eingeweide«. Mich störte vor allem der Gedanke an einen Tropfen Galle auf meinem Gesicht, ich fühlte regelrecht, wie er meine Wange hinunterglitt, eine Spur hinterlassend wie eine über eine

Fensterscheibe kriechende Schnecke. Das hinderte mich jedoch nicht daran, mich, wenn im Zimmer einige seiner Freunde, ehemalige Insassen der Nackten Insel wie er, versammelt waren, auf den Boden zu legen und mein Ohr ganz unten an die Tür zu pressen in dem vergeblichen Versuch, ihre summenden Stimmen zu verstehen und ihnen sinnvolle Worte zu entnehmen. »Das ist verlorene Liebesmüh«, lachte mich meine Schwester später aus, »sie tun sowieso nichts anderes, als mit den Köpfen zu wackeln und aus dem Fenster zu starren.« Sie sah sie nämlich genauer, wenn sie ihnen zusammen mit unserer Mutter schwarzen Kaffee und selbstgebrannten Schnaps anbot. Ich war aber sicher, einen Klang zu hören, ein Summen, das keinesfalls die Stille war. Einmal fragte ich sogar Mutter, worüber sie sich so lange unterhielten. »Sie unterhalten sich nicht«, sagte sie, »sie sitzen nur da und knirschen mit den Zähnen.«

Zischendes Widersprechen und Argumentieren blieb in ihrer Sprache etwa noch weitere fünfzehn Jahre spürbar, bis, so behaupteten die Wohlmeinenden, alles in die Öffentlichkeit zu dringen begann. Es erschien das erste Buch, danach das zweite, und man hatte das Gefühl, nach dem, was man erfahren hatte, sei keines mehr nötig.

Er verstummte. Nie zuvor hatte ich ihn so lange ohne Unterbrechung reden hören. Ich versuchte, ihn zu animieren, seine Geschichte fortzusetzen, wandte deshalb ein, seine Schilderung sei nicht glaubwürdig und wiederholte einige Male, es sei unmöglich, dass jemand, der Augen hat, so blind sein konnte, worauf er nur spöttisch lachte und sagte, wenn man einige Dinge gesehen habe, brauche man die Augen nicht mehr. Na gut, pflichtete ich ihm bei, und das tat ich, weil es schon dunkel wurde, und nicht, weil ich seine Meinung teilte. Wir sind selten während der späten Stunden spazieren gegangen, weil die Dunkelheit seine Unsicherheit beim Gehen verstärkte und zu unangenehmem Stolpern und Fallen führte. »Langsam, immer langsam«, sagte ich, wenn wir uns auf den weniger beleuchteten Teilen der Promenade befanden, obwohl ich in Wirklichkeit das Tempo unserer Schritte steigerte und ihn dadurch immer mehr zum Keuchen, zum Schmatzen und auf den wackelig gewordenen Knien derart zum Schaukeln brachte, als sei er ein Roboter, dessen Schrauben sich gelockert hatten.

Als er anfing, über die Nackte Insel zu erzählen, wurden seine Geschichten über die Zwangsabgabe von Weizen auch pikanter und ähnelten zeitweise einer syrmischen Version von Casanovas Memoiren.

»Und Mutter«, fragte ich, »wo war Mutter geblieben?«

Vater hielt an und begann, mit den Fingerspitzen seine Schläfen zu massieren. »Wirklich«, sagte er, »wo war Mutter geblieben?«

Mutter tat immer alles in ihrer Macht Stehende, um uns zu ermöglichen, in der Welt zu überleben, in der wir uns wähnten. Sobald wir einen Schritt aus dieser Welt hinaustun wollten, war sie gleich bestrebt, uns wieder dahin zurückzuholen. Meine Schwester nahm ihr das übel und sagte, ihr Leben wäre ganz anders verlaufen, hätte Mutter ihr erlaubt, selbst für sich zu sorgen. Wie merkwürdig das auch klingen mag, sie machte auf eine absurde Weise unsere Mutter dafür verantwortlich, dass ihre Ehe mit Mićko in die Brüche gegangen war. Ich konnte nie Menschen verstehen – Männer wie Frauen –, die eine Person vermissten, die ihnen das Leben schwer gemacht hatte, ganz zu schweigen von den verschiedensten Arten geistiger und körperlicher Misshandlungen, denen diese sie täglich ausgesetzt hatte. So ein Mensch war nämlich meine Schwester: Solange sie mit Mićko zusammen war, unternahm sie alles, um seiner Nähe zu entkommen, aber nachdem er sie verlassen hatte, tat sie alles, ihn zu finden und zurückzuholen. Ihre Zwillingstöchter schüttelten nur den Kopf und forderten mich auf, noch einen Joint zu drehen. Ich sagte zu ihnen, sie sollten auf der Hut sein, da ihre Mutter (meine Schwester, natürlich) sich am Rande, genauer am äußersten Rande des Abgrunds befinde, der die Welt der Lebenden von der der Toten trenne. Aber meine Schwester (ihre Mutter, natürlich) überraschte uns. Als sie zum ersten Mal auf Spuren unseres Haschischgenusses stieß, genauer gesagt, als sie das aufdeckte, was wir schon im fortgeschrittenen Stadium des Zugedröhntseins mitten auf dem Küchentisch großzügig liegen gelassen hatten, sagte sie: »Passt nur auf, dass Mićko nicht als Erster auf diese Dinge stößt, denn er wird dann mit niemandem mehr Erbarmen haben, weder mit euch noch mit sich selbst.« An dieser Stelle kommt eine ganze Geschichte zum Vorschein, aber sie passt nicht zu dieser Erzählung und wir verlassen sie lieber, bevor unsere Fußsohlen sich an den federleichten Gang durch die Träume gewöhnen. Die Rolle des schwarzen Schafs in der Familie wurde mir schon vor langer Zeit zugedacht, und ich möchte auch nicht darauf verzichten. Deshalb hat man mir übrigens auch eine zweite Hauptrolle zugeteilt, das heißt, ich habe nicht nur die Aufgabe bekommen, meinen Vater, sondern mit der gleichen Inbrunst auch mich selbst zu spielen. Auf diese Weise bekam ich die Möglichkeit, verschiedene Fäden dieser Geschichte miteinander zu verknüpfen, sie zu einem Ganzen zusammenzufügen und verständlich zu gestalten. All dies musste auf die einfachste Art, mit möglichst wenigen Worten erledigt werden. Ich dachte daran, Vater davon in Kenntnis zu setzen, aber er wäre entsetzt gewesen: Nie hat er sich als den Helden eines Buchs oder, Gott bewahre, eines Films gesehen. Filme hasste er ganz besonders, er bezeichnete sie als »Zerstörer junger Hirne«, riet allen davon ab, sie sich anzusehen, und ging einige Male sogar so weit, Kinosäle mit Gaskammern zu vergleichen. Das war sein bescheidener Beitrag zum Kampf gegen den verderblichen Einfluss der westlichen Kultur – besser gesagt, ihres Konsumaspekts, wie mein Vater hervorhob – auf den Geist und den Körper unserer »freien, in den Stahlwerken der kommunistischen Ideen geschmiedeten Jugend«.

Wenn ich mir anhörte, wie er mit unverhohlenem Stolz von seinen ideologischen Fähigkeiten sprach, musste ich lachen, weil ich mir vorstellte, wie er sich als heranwachsender Jüngling mit spärlichem, flaumigem Schnurrbart bemühte, in den syrmischen Dörfern Ordnung und Frieden herzustellen. In diesen Dörfern geschah immer wieder dasselbe: Übermütige junge Kommunisten ritten auf stämmigen Kulaken, traktierten sie mit Tritten, wenn sie schlappmachten, zwangen sie, sich neben die Säue in den stinkenden Schweinemist zu legen, rissen den Popen die Barthaare aus, schnitten jungen Mädchen die Zöpfe ab und zerfetzten weinenden Jungen ihre aus alten Lumpen zusammengenähten Fußbälle. Nichts von all dem habe sie beflügelt, erzählte Vater, nichts füllte ihre Brust mit besonderer Zufriedenheit, nichts spornte sie an, für andere weiterhin Ansporn zu sein – im Gegenteil! Das Gesetz gegen den unerlaubten Handel, die Spekulationen und die Wirtschaftssabotage machte sie zu dessen gleichgültigen Vollstreckern. So schien es ihnen zumindest, denn wie lange konnte das Interesse an der trockenen juristischen Sprache anhalten, an den langweiligen Beispielen in der Praxis, an den dumpfen Schmerzen beim Aufstehen, an dem unverhofften Schweigen, an der noch stärkeren Entscheidung, alles, beziehungsweise nichts, zu sagen? Was sie oder zumindest mein Vater in diesem jugendlichen Alter brauchten, war etwas, das die Wirklichkeit überstieg, was sich, besser gesagt, als eine neue Wirklichkeit aufdrängte, etwas, das ihn sofort an die Spitze brachte, an die erste Stelle auf der Liste der bedeutsamen, also unvergesslichen oder, wie er es selbst bei einem Spaziergang sagte, unbeschreiblichen Erschaffer der neuen Zeit, derer, für die Lenins Worte über die Kulaken reine Poesie waren. Lenin zufolge waren die Kulaken Vampire, Ausbeuter des Volkes und des Proletariats, die am Hunger Anderer fett wurden.

Ich konnte nicht mit Sicherheit feststellen, ob ihn das Erzählen beruhigte oder aufputschte, beobachtete aber, dass er viel häufiger hinfiel. Er fiel meistens in der Wohnung, seltener draußen, und obwohl er nur geringe Verletzungen davontrug, konnte ich mich des Eindrucks nicht erwehren, dass sein Körper ihn auf diese Weise für frühere Sünden bestrafte. Als ich das Dr. Stanković sagte, zuckte er nur mit den Schultern und murmelte etwas wie: »Es gibt alles Mögliche auf dieser Welt.« Zugegeben, mich hat das im ersten Moment geärgert, genauer gesagt traurig gemacht, weil ich von Dr. Stanković mehr Verständnis erwartete und größere Bereitschaft, festgefahrenen Ansichten entgegenzutreten. Statt mit ihm zu streiten, kümmerte ich mich verstärkt um Vaters Sicherheit, aber obwohl ich ihm tausendmal gesagt habe, er solle sich nicht plötzlich umdrehen, sondern zuerst stehen bleiben und es erst dann langsam tun, vollführte er tausendmal jähe Umdrehungen und fiel mit aller Wucht zu Boden. Dort wurde er schwer wie ein Stein, und ich hatte alle Mühe, ihn wieder auf die Beine zu stellen. Ich schob meine Hände unter seine Achseln und fühlte meine Knie zittern, während ich mich abmühte, sowohl ihn als auch mich aufzurichten. Ich sagte ihm, so gehe es nicht weiter, wir würden eines Tages beide übereinander stürzen und so liegen bleiben als Nahrung für Ratten und Schaben, aber er lachte nur zu solchen unheilvollen Visionen. Er glaubte eigentlich auch gar nicht an die Zukunft; für ihn gab es nur die Gegenwart, nur ein endloses Heute ohne Anfang und Ende, ein einziges Ruhen des Mittags, eine Zeit ohne Schatten und schon dadurch ohne den Beweis ihrer Existenz, eine Zeit, in der du bist und nicht bist, in der es dich gibt und nicht gibt, in der du alles bist und nichts, ein ewiger Anfang und ein ständiges Ende, ein Ja und ein Nein, sowohl ein Punkt als auch die weiße Stelle ohne den Punkt.

Wenn er draußen fiel – im Park, auf der Promenade oder auf der Straße –, war das etwas anderes. Auf einmal erschien er dann vor mir als ein völlig anderes Wesen, fast engelhaft in seinem Selbstmitleid, zärtlich und sanft, als wäre die ganze Welt gegen ihn. Dann schien er mir das perfekte Opfer kosmischer Mächte zu sein, die, hätte es ihn nicht gegeben, schon längst die Herrschaft über die Welt übernommen hätten. Das mag komisch und naiv klingen, aber dahinter verbarg sich – genauer gesagt, darunter versteckte sich – eine große Angst davor, dass man bei ihm etwas herausfinden würde, was er sein ganzes Leben zu verhehlen versucht hatte: das Wissen um seine Bedeutungslosigkeit.

Ich rede so nicht von ungefähr und denke mir nicht einfach etwas aus. Es mag ausgesehen haben, als spazierten wir gemeinsam, in Wirklichkeit aber ging er voran und ich trottete hinter ihm her. Wenn er, was selten geschah, auf der Straße hinfiel, musste er sich als eine bedeutende Person fühlen, da ihm sehr viele völlig unbekannte Menschen zu Hilfe eilten, sich bemühten, ihn wieder aufzurichten, seine verschmutzte Kleidung in Ordnung zu bringen und ihm ein Glas Wasser zu reichen, das sich seltsamerweise immer in jemandes Hand einfand. Währenddessen schüttelte ich mich vor Lachen. Es gibt nämlich Menschen, die hysterisch lachen, ja denen vor Lachen sogar die Tränen kommen, wenn sie jemanden fallen sehen. So einer bin ich. Nichts vermag mich zu stoppen; es ist völlig egal, ob es zum Sturz infolge einer Bewegungsstörung, wie im Fall meines Vaters, oder wegen einer nicht beherrschten Drehung auf Schlittschuhen kommt; jedes Hinfallen bewirkt, dass ich vor Lachen kaum Luft kriege, was im Grunde meinem Vater zugutekommt, denn ihm allein gilt dann die ganze Aufmerksamkeit derer, die ihm helfen. Und nachdem sie ihn auf eine Bank gesetzt haben, schauen sie sich immer wieder nach mir um, klopfen ihm beschützerisch auf die Schulter und fragen ihn halblaut, ob er es allein schaffe oder Hilfe brauche und wer zum Teufel der Mann sei, der über menschliches Unglück so blöd lache. Wenn er ihnen dann sagt, das sei sein Sohn, breiten sie verlegen die Arme aus, bekreuzigen sich oder spucken zur Seite und bemerken dabei, diese Welt sei schon verrückt, aber die Verrücktheit von uns beiden überschreite alle Erwartungen.

Ja, allgemein gesprochen überschreitet das Leben alle Erwartungen. Jedes Leben tut es, nicht nur ein so stürmisches wie das meines Vaters. Würde uns jemand vor unserer Geburt sagen, was uns alles erwartet, genauer gesagt, was wir alles während unseres Daseins erleben und erdulden müssten, pflegte mein Vater zu sagen, würden wir ihn für verrückt erklären. »Sag selber«, sagte er einmal, »hättest du einem geglaubt, der dir kurz vor deiner Geburt sagt, du würdest zuerst eine Respektperson sein, dann ein geprügelter armer Schlucker und am Ende ein Niemand, bestenfalls ein Sack aus Haut voller zerbrochener Knochen mit einem Knollkopf, aus dem ständig Erinnerungen tropfen?«

Wir saßen in einem der Restaurants am Donauufer und warteten darauf, dass uns der Kellner unsere sonntägliche Lieblingsspeise brachte: Rindergulasch mit Tomatensalat. Der März war in dem Jahr ungewöhnlich warm und wir saßen draußen unter einem Sonnenschirm. Vater war der Spaziergang zuvor nicht besonders gut bekommen. Obwohl wir uns sogar etwa fünfzehn Minuten vor der Zeit hingesetzt hatten, atmete er immer noch schwer und wischte sich den Schweiß von Stirn und Hals. In der letzten Zeit hatte er beim Spazieren immer mehr Probleme, sein Gang wurde unsicherer, abgehackter, man hatte den Eindruck, er falle jeden Augenblick auseinander. Wundersamerweise fiel er zu jener Zeit nicht so häufig hin, es sah geradezu so aus, als verleihe ihm die größere Klapprigkeit mehr Sicherheit und Gleichgewicht.

Als ich diese meine Beobachtung Dr. Stanković mitteilte, breitete er nur die Arme aus und zuckte mit den Schultern. »Ich habe Ihnen ja gesagt«, sagte er, als wolle er sich rechtfertigen, »dass seine Krankheit etwas Paradoxes ist. Was am Anfang als reales Ende erscheint, stellt sich später als das Absurdeste heraus. Man erwartet etwas wie einen natürlichen Verlauf der Krankheit und erlebt genau das Gegenteil.«

»Dann gleichen die Ärzte jenen Weisen«, sagte ich, »die versuchen dahinterzukommen, wie ein vor ihnen in totaler Dunkelheit stehender Elefant aussieht.«

»Wenn wir schon von Dunkelheit sprechen«, flüsterte Dr. Stanković mir ins Ohr, »könnten Sie Ihrem Vater sagen, er solle im Untersuchungszimmer nicht das Licht ausmachen, während die Krankenschwester ihm eine Spritze gibt oder ihm Blut abnimmt? Das könnte zu einer ernsthaften Verletzung führen!« Dann benebelte sich sein Blick vor Anstrengung, sich an etwas zu erinnern, was sich in fernerer Vergangenheit abgespielt hatte. Als ihm das gelang, veränderte sich sein Gesicht vollkommen. Er fragte mich, ob die Viagra gewirkt habe.

Ich sagte, er solle sich keine Sorgen um Schwester Nadica machen, denn es handele sich nur um Träumereien meines Vaters. »In seinem Alter und in seiner körperlichen Verfassung«, fügte ich hinzu, »versinkt man leicht in Träumen.«

Vaters Arzt wollte sich aber auf keinen Fall geschlagen geben. Den rechten Zeigefinger erhoben, erwiderte er, mein Vater sei keine Ausnahme, in der jetzigen politischen und wirtschaftlichen Situation suchten viele Menschen Trost in Träumen. Dabei denke er nicht nur an unser Land und an unsere beschissenen Politiker, die es führen …

»Die *versuchen*, es zu führen«, warf ich ein.

»… die versuchen, es zu führen, obwohl sie nicht einmal die entfernteste Vorstellung davon haben, wohin.«

Ich sah seinen Zeigefinger an, er vibrierte wie ein gespannter Draht im Wind. Um keinen Preis wollte ich mich in eine Diskussion über unsere augenblickliche gesellschaftspolitische Wirklichkeit einlassen, umso weniger, als der Neurologe, Dr. Stanković, seinem Zeigefinger nach zu urteilen, bereit war, sie genau zu analysieren. Aber mein Vater war nicht mein Land, das heißt, ich hatte keine Lust, ihn als egal welches Symbol zu sehen und darzustellen. Es mag natürlich sein, dass ich unrecht hatte und dass sich im Zerfall seiner Persönlichkeit die Formel für das Auseinanderfallen unseres politischen Systems offenbarte, so wie man im immer schlechteren Funktionieren seines Körpers eine Parallele zu den grotesken Störungen in den Abläufen unseres Staatsapparats sehen konnte. Damals hatte ich die Idee, dies könne ein dankbares Thema für jemanden sein, der im menschlichen Körper die Struktur und die Eigenschaften des Staates (oder wäre es vielleicht richtiger zu sagen, im ungelenken Tun des Staates eine schwache Widerspiegelung der idealen Maßstäbe des menschlichen Wesens?) sieht, aber das überschritt mein bescheidenes Wissen. Ich beeilte mich nur hinzuzufügen, dass mein Vater kein Symbol war: Er war nur mein Vater, nicht mehr und nicht weniger.

Die Wahrheit ist, dass das Interesse meines Vaters an Frauen nie nachgelassen hat, er hatte nur plötzlich aufgehört, ihr Äußeres laut zu kommentieren. Ich glaube, zu dieser Veränderung habe am meisten ich mit meinen mit langweiligen und monotonen Vorwürfen gespickten Bemerkungen beigetragen, die mein Vater nicht mehr hören mochte. Diese mussten aber sein, denn seine Auserwählten waren in der Regel sonnengebräunte Mädchen mit großem Busen und Schmollmund, in knappen Kleidern oder Hosen, die ihre gut geformten Hinterteile betonten. Damit wir uns nicht falsch verstehen: Ich hatte nichts gegen sie, und wenn Vater nicht dabei war, drehte ich mich auch selbst nach ihnen um, ich war vielmehr gegen die Art, in der er sein Gefallen an ihnen zum Ausdruck brachte. Mit anderen Worten, ich mochte nicht den Halbstarken vom Dorf, der in diesen Augenblicken zum Vorschein kam, zumal Vater ihn auch dann herauskehrte, wenn es um seine Frau, unsere Mutter, ging. Deshalb reagierte ich immer öfter mit Schweigen auf seine Kommentare, woraufhin auch er aufhörte, sich der Sprache zu bedienen, und seine Bewunderung nur noch durch raues Räuspern und lautes Nasehochziehen ausdrückte. Verdiente eine der »Kandidatinnen« die Bestnote, blieb er mitten auf der Straße stehen, salutierte dem perplexen Mädchen und schnäuzte sich donnernd in sein Taschentuch. Ich klopfte ihm dann auf den Rücken und zollte ihm damit Anerkennung für seine Mühe. Er bekam prompt feuchte Augen, und wenn er vom Spaziergang besonders müde geworden war, kamen ihm auch echte Tränen.

»Unglaublich«, sagte ich, während ich ihm ein Papiertaschentuch reichte, »jetzt weinst du wegen einiger platinblonder Schönheiten, aber ohne jeden Schimmer von Reue bist du in der Wojwodina auf so vielen Popen und Großbauern geritten und hast sie zum Galopp angetrieben. Wo waren damals deine Tränen?«

»Du vereinfachst die Dinge«, sagte er darauf und gab mir das zerknautschte Taschentuch zurück. »Natürlich kann man zwischen den Popen und den blonden Mädchen kein Gleichheitszeichen setzen, was aber nicht bedeutet, dass ich in beiden Fällen nicht gleich starke Gewissensbisse hatte.«

»Ich weiß nicht, warum mich immer Zweifel plagen, wenn du dein Gewissen erwähnst«, sagte ich.

»Weil du mir nicht aufmerksam zuhörst, außerdem sind mein Gewissen vor dem Aufenthalt auf der Nackten Insel und mein Gewissen danach zwei grundverschiedene Dinge.«

»Du sprichst von der Nackten Insel, als garantiere sie dir eine privilegierte gesellschaftliche Stellung. Mir aber scheint, dass von Garantie keine Rede sein kann, denn die Gesellschaft nimmt dich überhaupt nicht wahr. Eine privilegierte Stellung? Von wegen. Es wäre genauer zu sagen: die Stellung eines Unbeachteten.«

»Aber wovon redest du da, von was für Stellungen? Es handelt sich hier doch nicht um Anweisungen für Hatha Yoga.«

»Woher weißt du überhaupt, was Hatha Yoga ist?«

»Mein lieber Junge«, sagte er mit einem schlauen Lächeln, »du würdest auf den Hintern fallen, wenn du erführst, was ich alles weiß! Deshalb ist es besser, du zweifelst nicht allzu sehr an dem, was ich dir erzähle.«

Er hatte natürlich recht. Er schrieb uns schon immer vor, wie wir ihn einzuschätzen hatten. Unsere Vorstellung von ihm war die Vorstellung, die er von uns erwartete, und hätte ihm die Parkinsonkrankheit keinen Strich durch die Rechnung gemacht, wer weiß, ob ich noch etwas über ihn erfahren hätte. Als er endlich begann, sich wie ein Theatervorhang zu öffnen, der dadurch die Haupt- und Nebenakteure in einem ganz anderen Licht erscheinen lässt, musste ich vorsichtig sein, denn es genügte ein Augenblick der Unachtsamkeit, dass eine oder sogar alle diese Gestalten vor dem Einbruch des neuen Lichts, das sie ohne den Schatten, ihren bis dahin sicheren Unterschlupf, ließ, auseinanderstoben. Der Wahrheit zuliebe sei gesagt, dass Vater am wenigsten von allen Familienmitgliedern den Schutz des Schattens suchte. Überheblich, gewappnet mit Geschrei und Gefluche, gestützt auf die Zitate einer Ideologie, die er anfangs gar nicht verstand, nahm er für sich bei jeder Gelegenheit alles Licht in Anspruch und wirkte wie eine Gestalt, der von vornherein Großartigkeit zugesprochen wurde, selbst wenn sie nur wie ein aufgepumpter Hohlraum klang.

»Einige Krankheiten«, pflegte Vater zu sagen, »versehen einen mit einem Heiligenschein, andere wiederum mit einer Dornenkrone. So grotesk sie auch sind, schenken sie einigen Menschen alle erdenkliche Schönheit, andere verwandeln sie in Scheusale, vor denen wir vor lauter Entsetzen kein einziges Wort herausbekommen.«

Was, fragte ich ihn, habe die Krankheit mit ihm getan?

Er sei edelmütiger geworden, antwortete er.

Wie habe er das festgestellt? Woher wisse er das?

Er habe gewisse Träume nicht mehr, antwortete er.

Wir saßen auf einer Bank auf der Zemuner Promenade, direkt gegenüber einem Schwarm von Schwänen, die sich in Erwartung der Fütterung gegenseitig bedrängten.

Ich wusste nicht, dass er so fest an Träume glaubte und dass sie dermaßen seine Zukunft bestimmten.

Wer spreche von der Zukunft, fragte er, und fügte gleich hinzu, die Träume interessierten ihn ausschließlich zur Deutung der Vergangenheit.

Wolle er damit sagen, er sei jetzt ein edelmütigerer Mensch als in seinem früheren Leben?

Bei dem Edelmut war er sich nicht sicher, dafür aber überzeugt, wesentlich demütiger zu sein als früher.

Solle das bedeuten, blieb ich hartnäckig, dass er sich selbst einige Sünden aus seiner näheren und ferneren Vergangenheit vergeben habe?

»Natürlich«, sagte mein Vater, »hätte ich das nicht getan, wäre ich geblieben, wie ich war, wäre an einem Fleck kleben geblieben, was bedeutet, dass ich das Gewissen nicht anerkannt hätte. Erkennt man das Gewissen an, muss man auch die Pflicht akzeptieren, sich zu verändern.«

»Und du hast dich verändert? Bist ein anderer Mensch geworden?«

Vater sah mich an, kramte in seiner Tüte herum, nahm daraus einen vertrockneten Brotkanten und warf ihn den Schwänen zu. »Ich hoffe, ja«, sagte er.

Aber meine er nicht, sagte ich, dass diese Fragen in erster Linie seine Opfer beantworten sollten?

»Auch ich bin ein Opfer«, antwortete Vater, »das seine Täter hat! Warum sollten andere Täter Vorrang vor den meinen haben?«

Ich schwieg. Darauf fiel mir keine Antwort ein. Wenn ein Täter zum Opfer geworden ist, soll man dann zunächst nur seine Untat bestrafen oder seine spätere Opferrolle gleich als mildernden Umstand berücksichtigen? Anders ausgedrückt, hat man einen Menschen getötet, wie viele Menschen muss man bei anderer Gelegenheit vor dem Tod bewahren? Nur einen oder mehrere? Zwei, drei, vier, fünf? Wie lautet die Ablassformel? Ist der einzelne Freispruch mehr wert als der kollektive? Und schließlich, kann man jemandem im Voraus für alle Verbrechen, die er in einer gegebenen Zeit begehen wird, einen Ablass in Form eines gedruckten Formulars ausstellen, in das man später nur noch die entsprechenden Zahlen eintragen muss?

Über diese Dinge dachte ich nach, als ich auf der Bank auf der Zemuner Promenade saß und die Schwäne beobachtete. Zu Beginn unserer gemeinsamen Spaziergänge dachte ich nur an eins: meinem Vater zu helfen, seinen Muskeln möglichst lange die Elastizität zu bewahren und dank den zusätzlichen Übungen die aufrechte Haltung beizubehalten. Damals dachte ich nicht daran, dass uns die Spaziergänge die Möglichkeit zum Gespräch bieten würden. Wir hatten früher nämlich nie miteinander gesprochen, warum also sollten wir es während der Spaziergänge tun? Als er aber einmal angefangen hatte, von seinen Erlebnissen zu berichten, war er nicht mehr zu stoppen. Mir schien, er habe sein ganzes Leben auf diese Gelegenheit gewartet und wolle sie jetzt bis zum Ende ausschöpfen.

Als das Brot alle war, verloren die Schwäne das Interesse an mir und meinem Vater. Wir beobachteten sie noch eine Weile, während sie sich von uns entfernten, dann brachen wir auf, wodurch die Entfernung noch größer wurde. Anscheinend hatten wir zu lange bei ihnen verweilt, denn Vater lief steifer als sonst und weigerte sich unter dem Vorwand, müde zu sein, seine Übungen zu machen. Mein Drängen war vergeblich, seine Weigerung hartnäckiger denn je: Das sei seine

Krankheit, wiederholte er, er dürfe mit ihr tun, was er wolle.

»Gut«, sagte ich, »aber du darfst mich dann nicht zu Hilfe rufen, wenn es dir nicht gelingt, den Fuß in das entsprechende Hosenbein deines Schlafanzugs zu stecken.«

Und tatsächlich, als ich am Abend mit meiner Schwester telefonierte, hörte ich ihn nach mir rufen. Ich sagte meiner Schwester, ich würde mich später noch einmal melden, legte auf und ging in sein Zimmer. Da fand ich ihn auf der Bettkante sitzen: Er hatte es geschafft, das rechte Bein in das rechte Hosenbein zu stecken, das linke war nach allem zu urteilen »festgefroren«, er konnte es nicht vom Boden lösen.

Mein erster Impuls war, ihn auszulachen, aber als ich ihn so hilflos sah, blieb mir das Lachen im Halse stecken. Er war doch der große Vater meiner Kindheit, dessen Schatten stärker war als die Hitze der Sonne und der mich mit einem einzigen Wort zu Gehorsam verdonnerte. Er wurde dann durch das Bild des abwesenden Vaters ersetzt, der mir nur dank einem Foto in Erinnerung geblieben war, das an dem Wecker auf dem Küchenschrank lehnte. Danach war das Bild des wieder anwesenden Vaters an der Reihe. Das zeigte ihn abgemagert und von der sengenden Sonne so ausgedörrt, dass er völlig unwirklich und wie ein verbitterter Greis wirkte, der über alles und jeden spottete, aber immer nur im Flüsterton, immer auf der Hut, weil ihn jemand hätte hören können. Es folgte eine Reihe von Fotos, die, wie ich später erkannte, »Erholungsbilder« darstellten: Vater allein am Tisch voller verschiedener Leckerbissen aus Mutters Küche; Vater und Mutter in Vrnjačka Banja; Vater, Mutter, Schwester und ich in einem anderen Kurort; Vater und meine Schwester auf dem Berg Avala; Vater mit Schnurrbart auf einer Dorfstraße und schließlich Vater ohne Schnurrbart auf der Donaupromenade. Danach kam eine Zeit ohne Bilder, genauer ohne Bilder von ihm. Da gab es nur verschiedene Familienfotos, zum Beispiel von der Hochzeit meiner Schwester, von den Geburtstagsfeiern ihrer Zwillingstöchter, von großen Familienzusammenkünften, von kleinen Familienzusammenkünften, aber auf ihnen war Vater nie zu sehen, als hätte man ihm verboten, über den Rahmen des Bildes zu springen und sich ins Bild zu setzen.

Bis dahin hatten wir eigentlich alle aufgehört, ihn als ein richtiges Familienmitglied zu betrachten. Mit unserer Mutter brüllte er nur noch, egal über welches Thema sie sich zu unterhalten versuchten. Mit meiner Schwester schwieg er nur, mich sprach er bloß an, wenn es keine andere Möglichkeit gab, aber alle diese Versuche, miteinander zu kommunizieren, endeten am häufigsten mit entsetzlichen Flüchen. Danach geschahen drei Dinge, die zu seiner Veränderung führten: Mutters Tod, die Scheidung meiner Schwester und das Auftreten der ersten Symptome seiner Krankheit. Später begriff ich, dass man diese drei Dinge in einen harmonischen Bezug zu drei vorausgegangenen Ereignissen setzen konnte, die aus ihm einen Unhold und ein Schreckgespenst gemacht hatten. Dabei denke ich erstens an sein »ideologisches Reifen« in der Zeit, als das Gesetz gegen den unerlaubten Handel, die Spekulation und die Wirtschaftssabotage seine Anwendung fand, zweitens an die Zeit des Kominform und drittens an seinen Aufenthalt im Straflager auf der Nackten Insel.

Diese drei Ereignisse haben uns kurz gesagt das Leben verbittert, während die drei erstgenannten Dinge die Rolle der großen Katalysatoren beziehungsweise der großen Reiniger unserer Schicksale hatten. Sie ereigneten sich eigentlich nicht wie klar abgegrenzte Begebenheiten, sondern waren miteinander verflochten, als bemühten sie sich, jede Lücke im weichen Gewebe unserer Schicksale auszufüllen.

»Was meinst du mit diesem weichen Gewebe des Schicksals?«, wandte mein Vater ein, kaum hatte ich diesen Satz ausgesprochen. »Du redest vom Schicksal, als sei das ein menschliches Wesen, aber was weißt du eigentlich darüber? Das Schicksal ist härter als alles, was du dir vorstellen kannst, und schwerer als das schwerste Lebewesen. Wenn du in den Panzer eines Nashorns schlüpfen könntest, würdest du vielleicht dahinterkommen, was ich dir sagen will.«

Damals unternahmen wir noch nicht unsere gemeinsamen Spaziergänge. Unsere Wohnung war immer noch voller Erinnerungen und überall sah man die Schattenumrisse der Familienmitglieder, die nicht mehr dort wohnten. Aber dann, als wir in ihr die stickige

Ausdünstung der Einsamkeit verspürten (die wir nicht aus der Wohnung zu vertreiben vermochten, auch wenn wir noch so lange die Fenster aufrissen und noch so starken Durchzug machten), da also beschlossen wir erst, regelmäßig spazieren zu gehen. Inzwischen hatte sich Vater, obwohl stark von der Krankheit gezeichnet, mit dem Gedanken angefreundet, sich unter Menschen zu begeben. Davor war er überzeugt gewesen, er würde niemals mehr ausgehen, und hatte sich darauf vorbereitet, den Rest seines Lebens in seinem Zimmer zu verbringen. Er betrachtete sich eigentlich als einen großen Märtyrer und erwartete, dass alle ihn auch so sahen, ungeachtet aller Ratschläge der Ärzte, er solle sich, vor allem in den ersten Jahren, wenn die Symptome der Krankheit noch nicht sehr auffallen, bemühen, ein einigermaßen normales Leben zu führen. Vater hatte das am Ende akzeptiert, übertrieb aber bewusst auf die ihm eigene Art, indem er darauf bestand, sein Zustand sei viel besser, als seine Ärzte behaupteten. Und obwohl ich ihm tausendmal sagte, er solle sich nichts vormachen, denn er bewege sich jetzt langsamer als sonst, setzte er sich über meine Ratschläge hinweg und lief absichtlich schnell, bis eine jähe Kehrtwende mit seinem Sturz endete.

Die ersten Spaziergänge verbrachten wir mit Überlegungen, welchen Weg wir von unserer Wohnung zur Donaupromenade nehmen sollten. Erreichten wir diese dann, überließ ich es ihm, die Richtung unseres Spaziergangs sowie die Länge des Wegs zu bestimmen, den wir zurücklegen sollten. Anfangs nahm er sich, wie das von ihm zu erwarten war, unrealistisch viel vor und wir kehrten von unnötiger Anstrengung erschöpft heim. Ich ließ ihn allein entscheiden, und bereits zwei Tage später schlug er vor, unsere Marschroute um etwa ein Viertel zu kürzen. Seitdem bestimmte er bis vor nicht allzu langer Zeit allein die Umgebung und die Länge unseres Bummels. Heute ist Mittwoch; nein, heute ist Donnerstag, der vierzehnte Juli, halb sechs Uhr morgens. Ich bin von Vaters Schrei aufgewacht, der so schauderhaft klang, dass ich mich zunächst nicht traute, die Tür seines Zimmers zu öffnen. Ich begann erst mit gebogenem Zeigefinger zu klopfen, dann mit geballter Faust und am Ende mit den ganzen Handflächen. Da vernahm ich die Stimme meines Vaters: Er wollte wissen, warum ich ihn geweckt hätte. Ich drückte die Türklinke runter, trat in sein Zimmer, drehte den Lichtschalter und machte den großen altmodischen Lüster an.

»Mach das Ding aus«, sagte Vater, »oder möchtest du vielleicht, dass ich erblinde?«

»Keiner ist bisher von der Zimmerbeleuchtung blind geworden«, antwortete ich, »aber vielen wird von diesem Uringeruch übel. Deshalb solltest du aufpassen, wohin du mit deinem Strahl zielst, damit du eines Tages nicht am eigenen Gestank erstickst.« Ich bückte mich und holte unter dem Bett ein bis zur Hälfte mit der gelblichen Flüssigkeit gefülltes Einmachglas hervor. Es gab in der letzten Zeit Tage oder besser gesagt Nächte, in denen er fürchtete, es nicht bis zum Bad zu schaffen, und deshalb, um dieser Unannehmlichkeit aus dem Weg zu gehen, beschlossen wir, dass in seiner Nähe immer ein passendes Gefäß seiner Wahl stehen solle. Ein Einmachglas mit seiner großen Öffnung entspräche diesem Zweck am besten, meinte er, erwies sich allerdings als die unpraktischste Wahl, weil gerade wegen der großen Öffnung seine Hände und Füße, und natürlich auch die Bettwäsche und alles Übrige mit Urin bespritzt wurden. »Ich gehe das jetzt in die Toilettenschüssel schütten, du kannst dich inzwischen darauf vorbereiten, mir deinen Albtraum von vorhin zu erzählen. Vorerst möchte ich nur wissen: Hat er sich auf der Nackten Insel oder in Syrmien abgespielt?«

Die Träume, zumindest die, von denen er mir erzählte, ereigneten sich fast ebenso oft auf der Nackten Insel wie in den Dörfern der Wojwodina. Obwohl ich unzählige Male versuchte, in ihnen einen Rhythmus, eine Formel zu finden, gelangte ich doch zu nichts Verlässlichem. Das Einzige, das ich mit Sicherheit wusste, war, dass er in den Nächten nach einem üppigen Abendessen schreckliche Albträume hatte, die vom Lager auf der Nackten Insel handelten, als erinnerte die große Menge der Speisen das Hirn an die Qualen des unerträglichen Hungers, die schlimmer waren als die ideologisch gefärbten Folterungen.

»Natürlich«, bestätigte Vater, als ich ihm nach einer Deutung seiner Träume diese Annahme mitteilte, »denn alles andere konnte man sich in der Fantasie ausmalen und dadurch die Qualen mindern, nicht aber das

Essen. Wenn man ans Essen dachte, wurde alles nur noch schlimmer.«

Ich schüttete den Urin in die Toilettenschüssel und betätigte die Spülung. Als ich in sein Zimmer zurückkehrte, war er schon wieder eingeschlafen oder stellte sich schlafend, was bedeuten konnte, dass er meine Ausführungen, in denen ich Sigmund Freud spielte, nicht mehr hören wollte. Aber vielleicht war er auch einfach zu müde: Unser Spaziergang am Tag zuvor hatte länger gedauert, teils wegen eines Regenschauers, der uns zwang, Schutz unter den Marktständen zu suchen, teils, weil wir einige Bekannte trafen und uns mit jedem von ihnen einige Minuten unterhielten, was für meinen Vater eine zusätzliche Stunde Stehen bedeutete, sodass er völlig erschöpft nach Hause kam, und auch ich spürte, ehrlich gesagt, wie meine Muskeln an den Waden und Schenkeln zitterten.

Die Träume konnten ganz sicher keine Antwort auf die Frage geben, warum etwas auf eine und nicht auf eine andere Weise geschehen war. Genauer gesagt, alles hätte sich genauso abgespielt, auch wenn mein Vater nicht daran beteiligt gewesen wäre. »In der Geschichte ist immer Platz für kleine Leute«, sagte er einmal, »und egal ob an einem ihrer Abschnitte zehn oder fünfzig kleine Leute mitwirken, bleibt alles beim Alten, wenn aber ein einziger großer Mann dabei ist und später durch einen anderen ersetzt wird, verändert sich der ganze Lauf der Geschichte.«

Ich bin nicht darauf eingegangen, vor allem, weil mich die Geschichte gar nicht interessierte. Außerdem, selbst wenn ich mich in eine Diskussion mit ihm eingelassen hätte, hätte das nichts geändert. Er wäre weiterhin derselbe kleine Mann geblieben, der der Geschichte als Futter diente, sah sich selbst aber als Träger einer wichtigen Rolle in den Geschehnissen, die die Geschichte ausmachen.

Mich interessierte etwas anderes: die Frage, wie ich jetzt zu ihm stünde, wenn ich früher Dinge über ihn gewusst hätte, von denen ich erst später erfuhr, wenn ich mit diesem Wissen großgeworden wäre und nach und nach Einblick in die wahre Struktur seines Wesens bekommen hätte, statt plötzlich, viele Jahre später dank einem unbekannten Passanten, an dessen Namen Vater sich nicht erinnerte oder das zumindest behauptete, alles ins Gesicht geschleudert zu bekommen. Ohne dieses Wissen war er für mich in meiner Kindheit der »große schweigsame Vater« gewesen, dem jemand (davon war ich zutiefst überzeugt) »Böses angetan« hatte, den die Gesellschaft ungerechterweise »aus ihren Reihen verdrängt« und ihn daran gehindert hatte, »voranzukommen und seine besten Eigenschaften herauszukehren«. Ich war natürlich nicht ganz blind, rechtfertigte aber alle seine Laster, die ich früh bemerkt hatte, mit den Worten »Er war ein jähzorniger Mensch«. Selbst als sein Bild, während er mir von seinem Leben erzählte, zu zerbröckeln anfing, versuchte ich hartnäckig, diesen Prozess aufzuhalten, indem ich im

Geiste die längst abgenutzte Bezeichnung »jähzorniger Mensch« wiederholte. Manchmal versuchte ich ihn durch die Behauptung »Er wusste nicht, was er tat« zu rechtfertigen, aber bald nahm ich davon Abstand, weil mir schon nach zwei oder drei Episoden in Verbindung mit der Zwangsabgabe des Weizens klar wurde, dass er damals sehr wohl wusste, was er tat.

Man könnte sagen, dass ich all das dank der unwirklichen Erscheinung des Zeugen erfahren habe, den ich den »unsichtbaren Mann« nannte. Er war eigentlich kein wirklicher Zeuge, er wurde nicht aufgefordert, die Aussage meines Vaters mit eigenen Worten zu bestätigen oder zu widerlegen, allein seine Existenz war der Beweis für die Wahrhaftigkeit von Vaters Erzählung. Es klingt ein wenig lächerlich, dass ich den Beweis der Wahrhaftigkeit in jemandem fand, der unwirklich und »unsichtbar« war, aber wäre er nicht der Träger der flammenden Wahrheit gewesen, hätte er in dem kurzen Augenblick des Wiedererkennens nicht der Auslöser sein können, der in meinem Vater das Bewusstsein (und natürlich das Gewissen) weckte, dass es nötig war, über sein Leben zu erzählen. Wie jede Erzählung musste auch diese die Voraussetzung erfüllen, die darin bestand, Vertrauen zwischen dem Erzähler und dem Zuhörer herzustellen, denn ohne dieses Vertrauen gab es nicht die für den Transport der Erzählung nötige Brücke. Ich nehme mit anderen Worten an, dass diese Begegnung mit dem »unsichtbaren Mann« meinem Vater dazu verholfen hat, die Realität und die unwiderlegbare Existenz seiner Krankheit zu akzeptieren, die er seit diesem Augenblick als eine schicksalhafte Verbindung mit der Geschichte seiner Ehrlosigkeit betrachten konnte.

Trotz der Bedeutung dieser Begegnung wollte mein Vater mir nie alle Einzelheiten der Episode mit dem »unsichtbaren Mann« erzählen. Nach den bruchstückhaften Informationen, die ich zusammentrug, war er in den Jahren nach dem Zweiten Weltkrieg ziemlich sichtbar gewesen, ein angesehener Großbauer, ein gefundenes Fressen für die neue Obrigkeit, die an ihm und ihm ähnlichen Personen alle möglichen Methoden der Einschüchterung und Misshandlung ausprobierte. Zu jener Zeit konnte man mühelos den Ausgang eines jeden Treffens von Vertretern der neuen Obrigkeit mit den alten Mitgliedern der Dorfgemeinschaften voraussagen, egal zu welcher Tageszeit es stattfand. Im Unterschied zu den erfahrenen Landbesitzern, die sich in dunklen Schatten zu verstecken versuchten, winkten die neuen Kämpfer, diejenigen, die immer bereit waren, jemanden einer detaillierten Prüfung zu unterziehen, nur verächtlich ab und begannen dann erst recht ihr Spiel zu spielen, das immer so endete, wie sie es wollten, sogar dann, wenn alle wussten, dass sie die wahren Verlierer waren.

»Diesen Satz hast du so verheddert«, würde mein Vater sagen, »dass man ihn nicht einmal mit einer Schere zerschneiden kann.«

Und er hatte recht, zumindest was meinen Satz betraf, obwohl er nicht im Recht war, soweit es um die neue Obrigkeit ging. Obwohl er nichts von Landwirtschaft verstand, betrachtete er sich als einen Engel, der den unterdrückten Bauern Gerechtigkeit bescherte. »Die Zwangsabgabe war eine gerechte Abgabe«, sagte er, »die die Ackerbauern gleichstellte und zur gleichen Zeit jene bestrafte, die während des Kriegs die Besatzer unterstützt hatten und sich nach dem Krieg der neuen Obrigkeit widersetzten.«

»Unsinn«, entgegnete ich, »das war ein ganz gewöhnlicher, in ideologische Lumpen gehüllter Raub.«

»Ideologische Lumpen«, wiederholte Vater, »wo schnappst du bloß solche Dummheiten auf? Unsere Uniformen waren funkelnagelneu.«

Seine war es vielleicht, aber die gewöhnlichen Soldaten liefen wahrscheinlich auch weiterhin in zusammengestoppeltem Zeug herum, was das Bettleraussehen der Sieger noch verstärkte. Aber ganz und gar nicht, behauptete mein Vater, die Sieger waren weit von Bettlern entfernt, und alles, was er (und die Übrigen auch) taten, sollte diesen Unterschied nur noch unterstreichen und jedem seinen Platz zuweisen.

»Und damit willst du all das Unrecht rechtfertigen, das du den Bauern in ganz Syrmien angetan hast?« Es waren nur wenige Tage vergangen, seit dem Beginn unserer Unterhaltungen, und ich sah an seinem starren Gesichtsausdruck, dass diese Frage ihn zumindest überraschte und kränkte. Vielleicht sollte ich nicht die vereiste Miene als Beweis anführen, denn das war eines der vielen Merkmale seiner Krankheit, aber ich konnte mich immer weniger in seinem ständig kleiner werdenden Kosmos erkennbarer Grimassen orientieren, in denen ich minimale Unterschiede aufspüren musste, die seine Gefühle und Stimmungen kennzeichneten. Wie auch immer, er blieb stehen, drehte sein leeres Gesicht langsam zu mir hin, und diese Leere besagte mir, dass ich ihn wirklich verletzt hatte, dass ich ans Ende oder wenigstens an eine Art Ende gegangen war. »Junger Mann«, sagte er, »langsam, junger Mann, bei großer Geschwindigkeit kannst du dich nur verletzen, mehr nicht.«

Gut, ich hatte meine Lektion gelernt und lief nicht mehr so schnell wie zuvor. Bis dahin gingen wir immer im Abstand voneinander, ich einen halben Schritt vor ihm, als wollte ich am Ende eines Wettlaufs mit der Brust das Band durchbrechen. Jetzt schritten wir nebeneinander, manchmal sogar eingehakt, ich war bereit, den Rhythmus seiner Schritte zu übernehmen, und versuchte von Zeit zu Zeit, ihn zu einem normalen Gang zu bringen, ohne zu schlurfen und die Zehen nach vorne zu schieben, sondern mit den Fersen aufzutreten. So habe er nicht nur einen besseren Gang, sagte ich ihm, sondern er stärke und strecke seine ganze Wirbelsäule, kämpfe gegen das Vornübergebeugtsein an, das für die Parkinsonkranken typisch sei. Wie immer wehrte er sich erst gegen jeden meiner Ratschläge, gab am Ende aber nach und wurde folgsam. Zunächst spottete er und fragte, woher ich das alles wisse, ob mich nicht irgendwelche Hexen mit ihrer hellseherischen Milch gestillt hätten, dann aber ging er langsam dazu über, meine Ratschläge zu akzeptieren und zu mir zu stehen.

Einmal, ich weiß nicht genau, wie es dazu gekommen war, fragte ich ihn, ob es ihm je leidgetan habe, dass er sich so seiner Frau, unserer Mutter, gegenüber benommen hätte.

»Was willst du damit sagen«, er blieb stehen und sah mich eindringlich an, »etwa, dass ich zu ihr nicht gut war oder dass ich sie nicht geliebt habe?«

»Ich sage nicht, dass du sie nicht geliebt hast«, antwortete ich, »aber mir scheint das eine merkwürdige Art von Liebe gewesen zu sein.«

»Jeder handelt nach seinem besten Wissen und Gewissen«, sagte er und zuckte mit den Achseln. »Vielleicht konnte ich es einfach nicht besser.« Dann setzte er seinen Spaziergang fort.

Ich ging hinter ihm und flüsterte ihm in den Nacken: »So ist es natürlich am einfachsten, aber wenn du meinst, der Verantwortung entkommen zu können, irrst du dich gewaltig.«

»Was für eine Verantwortung, welch ein Unsinn?«, fuhr er mich an. »Wem gegenüber sollten wir damals verantwortlich gewesen sein?«

»Was weiß ich«, wehrte ich mich, »wahrscheinlich gegenüber dem Volke? Oder vielleicht gegenüber der Obrigkeit?«

»Was für ein Volk, welche Obrigkeit«, rief er, »dieses

Volk und diese Obrigkeit waren doch wir! Wir bestimmten, wer wer ist und was was ist!« Er blickte mich voller Mitleid an und sagte: »Du weißt nichts, nichts verstehst du.«

Hand aufs Herz, er hatte recht. Es war nicht so, dass ich gar nichts wusste, aber viel mehr als das wusste ich nicht. Etliches wollte ich auch nicht wissen und gab die Schuld an allem Vaters Krankheit, oder vielmehr war ich der Ansicht, wäre er nicht an Parkinson erkrankt, würde ich in seinem Leben auch gar nicht nach der Verwünschung suchen, die zu der Krankheit geführt hatte. Am Anfang glaubte ich eigentlich, der Grund läge in seinem Benehmen gegenüber unserer Mutter, und erkannte erst später die richtige Wahrheit (natürlich soweit die Wahrheit nur ein einziges Gesicht hat), die für mich unerreichbar gewesen war, solange ich glaubte, der Fluch der Krankheit sei die Folge von etwas, was der Kranke getan oder gesagt oder geflüstert hatte beim Versuch, sich das Leben zu erleichtern. »Es sich selbst leichter zu machen«, wie mildtätig das klingt! Die Beispiele der Erleichterung könnte man nämlich an den Fingern einer Hand abzählen, während man für die Verwünschungen sogar ein paar Freunde zu Hilfe rufen müsste. Gute Freunde, natürlich, denn wozu sollte sich ein Unbekannter mit dem Zählen der Zehen abgeben? Ja, auf einige Fragen werden wir trotz größter Mühe nie eine genaue Antwort geben können. Diese sollten wir lieber sich selbst überlassen, damit sie sich von alleine entwickeln wie eitrige Pickel, die am schnellsten verschwinden, wenn man sie in Ruhe lässt. Presst und drückt man sie aber aus, wuchern sie wie wild und ragen am nächsten Morgen im Gesicht wie Federn durch einen alten zerschlissenen Bezugsstoff der Esszimmergarnitur.

Und während die Geflüchteten sich am anderen Ende des Salons versammeln, haben die Verfolger erst die Stelle erreicht, an der die Fähre anlegt. Aber die Fähre ist nicht da. Hier ist sie nicht und vermutlich auch nicht am anderen Ufer. Der Befehlshaber erzittert bei dem Gedanken, dass sie den Fluss in der Nacht nur in Stiefeln und Unterhosen würden überqueren müssen, während sie die Uniform, die Munition und das übrige Zubehör auf dem Kopf gestapelt trügen, als seien sie Angehörige eines zentralafrikanischen Stammes und nicht Kämpfer für die Unabhängigkeit – von wem, von was? Im Ernst, für wessen Unabhängigkeit kämpfen sie?

Das war die Frage, mit der alles begann und alles endete: Für wen tust du etwas? Für dich oder für andere? Wenn du es nicht für dich tust, wer sind dann die anderen, für die du es tust? Oder geht es um »einen Anderen«, um eine einzelne Person, der du alles vermacht hast: deinen ganzen Körper! Und noch mehr: dein ganzes Wesen! Und dazu noch: alles, was du hast, was du besitzt! Und darüber hinaus: alles, was du liebst! Und jeden, den du liebst! Auch die Sterne am Himmel und den glitzernden Tau auf der Erde! Und noch, und noch, und noch! Bis du verstummst vor Verzückung, bis du einsiehst, dass du kein Stotterer mehr bist und dass deine Worte jetzt fließen …

So begann er sich an einem Frühlingsabend zu öffnen, er sprach mit erstickter Stimme über die Liebe als eine Art politischen Auftrag, über die Hingabe zu einer Person, die sich nicht von der Hingabe eines Gläubigen zum höchsten Symbol seines Glaubens unterschied. »Ich zitterte wie eine Nonne«, sagte er mir damals, »wenn sie an die Wundmale an Händen und Füßen von Jesus Christus denkt.« Er sah mich an, ich weiß nicht, was er von mir erwartete, aber gelacht habe ich nicht. Ich rührte mich gar nicht. Ich spürte, dass sich zwischen uns etwas geöffnet hatte, und wollte auf keinen Fall zulassen, dass es sich wieder schloss. Ich streckte den Arm aus und berührte seine Wange.

»Ich weiß, wovon du sprichst«, sagte ich.

»Weißt du es wirklich?«

»Ich weiß.«

»Wirklich?«

»Ja.«

Eine Weile schwiegen wir gemeinsam. Dann begann er zu lachen und gleich darauf ich auch. Wir hörten erst auf, als wir zu Hause ankamen.

Nicht alles endete mit Lachen. Zum Glück gab es keine Tränen, aber an manchen Tagen bewegten wir uns doch auf Messers Schneide, bereit, wenn nötig, wenn wir es für nötig *hielten*, einander den Todesstoß zu versetzen. Nichts ist schwieriger, als den eigenen Vater zu lieben, vor allem, wenn seine Geduld infolge der Krankheit blass und dünn geworden ist. Man wusste nie, wann es bei ihm zu einer Gemütsschwankung kommen und wie lange sie andauern würde. Manchmal begann er plötzlich zu schreien, besser gesagt zu brüllen, wütend von einem Zimmer zum anderen, von der Küche zum Bad zu hasten, ohne auf meine Warnungen zu achten, alles drohe mit einem Sturz zu enden, was Minuten später auch geschah, begleitet vom Umwerfen eines Stuhls, dem Rammen des Esstischs, dem Zerbrechen einer Tasse oder eines Glases. Aber während ich dann zu ihm eilte, erfuhr er eine wundersame Veränderung, er verwandelte sich in eine zerknirschte Person, die über ihr Schicksal flennte und mit tränenerstickter Stimme beteuerte, nie, nie wieder so zu sein wie wenige Augenblicke zuvor. Mir blieb nur, seine Wunden zu versorgen, die zum Glück nicht groß waren: eine Beule, einige blauen Flecken, selten eine Schnittwunde. Und während ich die Wunden mit Alkohol reinigte, winselte er wie ein kleines Kind und sagte immer wieder: »Puste mal drauf, puste! Es brennt!«

Ich werde nie verstehen, wie er überhaupt die Zeit auf der Nackten Insel durchgestanden hat. Wenn er so auf einen mit Alkohol getränkten Wattebausch reagierte, wie schaffte er es, die Last scharfkantiger Felsblöcke und die Wut der Mitgefangenen zu ertragen? Und auch das Schlimmste: die Tatsache, dass im Lager eine bestimmte Hierarchie herrschte, in der die wichtigsten Posten Lagerinsassen selbst innehatten? Die

Verteilung der Arbeit und der Belohnungen war einfach – diejenigen, die das Lager »leiteten«, mussten in einem fort alle möglichen Kommandos hinausbrüllen, Drohungen aussprechen und Hiebe austeilen, während die Lagerinsassen mit verschiedenen Aufgaben betraut waren, die sich fast alle um das Schleppen großer Steinblöcke von einem Ende des Lagers zum anderen drehten. Anfangs, solange sein Körper von den Reserven der Ernährung und der Kraft aus den Dörfern und Gehöften in der Wojwodina zehrte, hatte er sich über die Mitgefangenen fast lustig gemacht, die nur Haut und Knochen waren und deren Klamotten an ihnen wie an Kleiderständern zu hängen schienen. Sein Vorteil, sagte er mir später, sei natürlich schnell erschöpft gewesen, Muskeln und Fettgewebe und damit auch seine Kräfte begannen zu schwinden und bald sei er wie alle anderen unter der Last der scharfkantigen Steine getorkelt und gestolpert.

Da machte er Halt, aber nicht in seiner Erzählung oder in seiner Erinnerung, denn in jener Wirklichkeit durfte er das nicht; er verharrte im Jetzt, wo keiner an ihn herantreten und ihn mit dem skandierten Ruf »Haut drauf« anspucken konnte. Man habe auf ihn eingeprügelt, erzählte er mir, bis er ohnmächtig wurde und später in einer Ecke des Lagers meist auf einem Müllhaufen oder an einem Fleck aufwachte, der gnadenlos der sengenden Sonne ausgesetzt war.

Am meisten habe ihn geschmerzt, dass er gar nicht wusste, wie es dazu gekommen war. Eines Tages tauchte man bei ihm auf, habe ihm gesagt, er solle seine Sachen packen, und habe ihn weggebracht. Davor hatte nichts auf die Möglichkeit hingewiesen, dass so etwas passieren könnte. Am Ende jenes Tages fand er sich in einem großen Raum zusammen mit noch etwa zwanzig Männern wieder. Sie stanken nach Schweiß und Angst. Draußen war es noch nicht dunkel, jemand sagte, man solle die Fenster öffnen, aber kein Licht anmachen, sonst würden sie von den Mücken zerstochen. Glücklich, dachte Vater, wer in einer solchen Situation Mückenstiche befürchtet. Danach sei er eingeschlafen. Allgemeiner Tumult und Lärm weckten ihn. Die Fenster standen sperrangelweit offen, davor drängten sich Menschen, die einen Blick auf die Straße zu werfen versuchten. Vater hörte jemanden sagen: »Warum ist dieser verdammte Kerl hinausgesprungen?« Er sah den Mann nicht, der das gesagt hatte, denn Milizmänner stürmten in den Raum, und alles verwandelte sich in Chaos und Finsternis.

Dieser Sprung aus dem Fenster, sagte mein Vater später, habe nichts geändert. In manchen Augenblicken habe auch er daran gedacht, seinem Leben ein Ende zu setzen, aber nicht auf eine so »feige« Art, als hätte er vor sich selbst Angst, sondern »heroisch«, Auge in Auge mit seinen Peinigern. Der Selbstmord, dachte er damals, lohne sich nur, wenn er die Lüge entlarven würde, die ihnen als die Wahrheit präsentierte wurde.

Ich kann mich gut an diesen Nachmittag erinnern, denn das war eine der seltenen Gelegenheiten, bei denen wir offen über seine politische Überzeugung und seinen Glauben sprachen. Diese Gespräche beeinflussten die Symptome seiner Krankheit viel stärker als alle anderen: Seine Hände begannen zu zittern, seine Sprache wurde undeutlicher, sein Rücken krümmte sich noch stärker, wodurch er aus dem Gleichgewicht kam, sein Kopf zog ihn nach vorn, trieb ihn zu schnellerem Gehen und schließlich zum Rennen an. Ich fragte ihn, ob er nicht merke, dass sein Körper sich auf diese Weise gegen die Lüge wehre, dass die Lüge ihn aus dem Gleichgewicht bringe und dass es höchste Zeit sei, die Wahrheit zu akzeptieren und dadurch seinen Körper zu entlasten.

Nein, wiederholte er hartnäckig, das sei nicht wahr, denn das würde bedeuten, dass die Krankheit ein Produkt seines Geistes sei, das Ergebnis wer weiß welcher Gedanken, dabei sei sie nur die Folge des schlechten Funktionierens seiner Muskeln und seines Skeletts. Auch das geschehe natürlich im Hirn, beeilte er sich hinzuzufügen, aber auf einer wesentlich niedrigeren Ebene als der Denkprozess.

Erstaunlicherweise akzeptierte meine Schwester seine Deutung. Vaters Krankheit, sagte sie, sei eine Störung des Verhältnisses verschiedener Substanzen zueinander, einschließlich der Hormone, der Amino- und anderer Säuren und wer weiß von was allem noch, das sich auf molekularem Niveau abspiele. Sie war einverstanden mit meiner Behauptung, dass sowohl die Gedanken als auch die Ideen als Produkte verschiedener chemischer Strukturen entstünden, bestritt jedoch die Möglichkeit, dass der Mensch sich selbst, also eigenmächtig, durch seine negativen, zerstörerischen Gedanken organische Verletzungen zufügen könne. Für so etwas, meinte sie, gebe es im Körper bestimmt Abwehrmechanismen, die verhinderten, dass es zu einem Kurzschluss komme.

Soll das heißen, fragte ich sie, sie glaube nicht daran, dass der Körper eines Menschen mit einer Krankheit bestraft werden könne, weil sein Geist, genauer ein Teil seines Geistes, der unabhängig von ihm seine Arbeit überwache, mit seinen Taten nicht einverstanden sei?

Das habe sie nicht gesagt, sagte meine Schwester, und sie sei auch gar nicht sicher, ob sie so denke. Schließlich, sagte sie, handele es sich nicht um irgendjemanden, sondern um unseren Vater.

Was tue es zur Sache, dass er unser Vater sei, begann ich zu schreien, befreie ihn das von der Strafe für die Taten, besser gesagt Untaten, die er anderen Menschen zugefügt habe?

»Aber du musst doch, wie alle anderen, die Dinge in einem historischen Kontext betrachten«, antwortete meine Schwester. Dabei errötete sie.

»Dein Problem liegt darin«, sagte ich ihr, »dass du nichts verbergen kannst. Dein Körper gibt unfehlbar Auskunft über deinen Geisteszustand. Wenn du rote Wangen bekommst, ist das ein sicheres Zeichen einer Verkehrung der Wahrheit.«

»Nein«, sagte sie, »das ist gerade ein Zeichen der

Glaubwürdigkeit und der Redlichkeit. Meine Wangen werden rot, als sei mein Körper ein Lichtsignal, dessen Farben die sichere Seefahrt ermöglichen.«

Ich sagte nichts mehr. Bis dahin hatte ich nur einen einzigen zuverlässigen Mitstreiter – meine Schwester – und fürchtete, falls ich insistierte, auch diesen noch zu verlieren. In dem Falle würde ich zur leichten Beute meines verwundeten, wutentflammten Vaters und seiner Hajduken. Deshalb entschied ich mich für das strategische Spiel des Rückzugs, der den Durchbruch entlang der Mittellinie vortäuschen und zur vollständigen Aufgabe des Gegners führen soll, woraufhin der General zu Pferd in die Stadt einreitet.

Vater hatte mir das Schachspiel beigebracht. Zuerst hatte er mir die Figuren gezeigt und erklärt, wie jede von ihnen läuft und wie sie die Figuren des Gegners vom Schachbrett fegt. Auf meine Frage, warum gerade die Königin die stärkste Figur sei, stärker sogar als der König, stärker als zwei Türme zusammen, ließ er nichts vernehmen, als wolle er die Antwort vermeiden. Ich ging in die Küche, um mich bei meiner Mutter zu beschweren. Sie spielte zwar nicht Schach, würde aber bestimmt die Antwort auf die Frage nach der Macht der Königin wissen.

Ich hatte recht. Mutter lächelte und erklärte in ein paar Sätzen, das Schachspiel stamme aus Indien, in der indischen Mythologie gebe es viele mächtige Göttinnen und die Schachkönigin sei wahrscheinlich deswegen so mächtig. Wie auch immer, ich erlernte das Schachspiel und schlug meinen Vater schon nach nur wenigen Partien. Wie jede Niederlage fiel ihm auch diese schwer. Er protestierte nach jedem meiner Züge, fluchte und behauptete, ich bewegte die Figuren falsch. Er beherrschte die kurze Rochade, aber als mir einmal die lange Rochade gelang, wollte er mich verprügeln. Wir hörten mit dem Schachspielen auf, als ich bei einer Partie mein neuerworbenes Wissen angewandt und *en passant* einen seiner Bauern kassiert hatte. Vater schäumte vor Wut; er brüllte, als verliere er den Boden unter den Füßen; er fuchtelte mit den Armen wie eine Windmühle; dann verstummte er und richtete tagelang kein Wort mehr an mich.

Ich erzähle so viel vom Schachspiel, weil ich anfangs vorgesehen hatte, in den Erholungspausen während unserer gemeinsamen Spaziergänge am Donauufer neben anderen Aktivitäten auch Schach zu spielen. Andere Aktivitäten sollten Kartenspiele, Schiffeversenken, das Lösen von Kreuzworträtseln und von Sudoku-Rätseln sein. Die Kartenspiele wurden bald gestrichen, weil der Wind die Blätter immer wieder durcheinanderwirbelte, Sudoku ebenfalls, weil wir uns dabei unnötig stritten. Die Kreuzworträtsel sind wir schnell leid geworden, genauso wie das Schiffeversenken, das vielleicht heimlich im Klassenzimmer während des Unterrichts zu spielen reizvoll gewesen wäre, nicht aber auf einer Sitzbank an der Strompromenade. Nur das Schachspiel blieb übrig: Ich besaß eine schöne, kleine Garnitur mit

Magneten, aber nachdem Vater einen einzigen verächtlichen Blick auf sie geworfen hatte, gab ich auch das auf. In den Pausen, während wir ausruhten, taten wir nichts. Wir schwiegen und warteten darauf, dass die zehn Minuten vorbeigingen, und begaben uns danach manchmal auf demselben, manchmal auf einem anderen Weg nach Hause.

»Wenn du einmal die Macht gekostet hast«, sagte mein Vater eines Tages, »wenn deine Zähne beim festen Zubeißen auf keinen Widerstand stoßen, dann hast du jede Grenze überschritten und keiner kann dir mehr etwas anhaben.«

Wir standen auf dem Treppenaufgang des Schulgebäudes nahe dem Wochenmarkt, wohin wir vor dicken Regentropfen geflüchtet waren. Das Unwetter war wie üblich plötzlich gekommen. Wir bemerkten eine schwarze Gewitterwolke, als wir am Restaurant Šaran vorbeigingen, der Regen erwischte uns etwa hundert Schritte weiter, nahe der Kunstgalerie im Gebäude der Alten Hafenmeisterei. Dort hätten wir bleiben sollen, aber ich bedachte Vaters Schwäche nicht und lief weiter am Ufer entlang und an dem Restaurant Venecija vorbei, um mir nach nur zwanzig weiteren Schritten meinen Fehler einzugestehen, meinen Vater fest unterzuhaken und zusammen mit ihm den Rasen und die Straße vor dem Treppenaufgang der Schule zu überqueren. Dieses Manöver, das nicht nötig gewesen wäre, bewirkte, dass wir total durchnässt waren, und bewog meinen Vater, mir nach meinen wiederholten Entschuldigungen zu sagen, dass er mir nichts übel nehme, zumal, betonte er, mein Handeln typisch sei für jemanden, der glaube, die Kontrolle über andere Menschen zu haben, Macht über sie zu besitzen, dann aber von einem gewöhnlichen Sommerschauer in eine kleine nasse Maus verwandelt werde.

Ich wisse nicht, wen er damit meine, sagte ich ihm, aber diese Beschreibung lasse mich unweigerlich an ihn denken.

Er zuckte mit den Schultern und sagte, vielleicht sei er früher so gewesen, zumindest was die Einbildung angehe, Macht über Menschen zu besitzen. Nie sei er jedoch eine Maus gewesen, dabei habe er viele Stürme erlebt, sowohl auf dem Meer als auch am Festland.

Ich fragte ihn, um welches Meer es sich dabei handelte. Er meine doch nicht etwa das Pannonische?

Er sei nicht so alt, antwortete er, als dass er sich an dieses Meer erinnern könne.

An welches erinnere er sich denn, wenn nicht an dieses?

Er sah mich intensiv an, wischte die Regentropfen von der Stirn und sagte: »An das Adriatische Meer, natürlich! Ein drittes gibt es nicht, es sei denn, man hätte um die Nackte Insel einen Graben ausgehoben und ihn mit dem Wasser eines anderen Meers gefüllt, was mich eigentlich gar nicht gewundert hätte.«

Wenn ich mich nicht irre, hatte er mir damit zum ersten Mal beinahe direkt gesagt, wo er sich während seiner langen geheimnisvollen Abwesenheit von der Familie aufgehalten hatte. Das war mir zwar bekannt, aber diese Information war in unser Gedächtnis als streng vertraulich eingeprägt und wurde nie direkt erwähnt. Vater hatte jedoch nicht mehr viel Zeit zu verlieren. Von manchen Begebenheiten erzählt man nur einmal im Leben, verpasst man dies, holt man es nie mehr nach. Das Unausgesprochene wiegt mit jedem Tag schwerer und zieht einen in ungeahnte Tiefen, aus denen es kein Zurück mehr gibt. Ich meine dabei nicht die Gräuelmärchen, in denen Vampire, Werwölfe und Zombies, diese furchterregenden lebenden Toten, vorkommen. Ich denke vielmehr an jene zarten, luftigen Geschöpfe, die über unseren Köpfen schweben und allmählich dunkler werden, während uns das Leben verlässt, das wir leichtfertig mit nutzlosen Vergnügungen vergeudet haben. Das Leben ist im Grunde unglaublich einfach, deshalb kann man dabei so leicht Fehler machen. Im Osten vergleicht man das Leben viel öfter als im Westen mit einem exotischen Garten, in dem Paradiesvögel herumspazieren, die ihre Schnäbel in den Morast und Kies stecken und dort gelegentlich Edelsteine verschiedener Größen finden. Im Westen ist der Garten in erster Linie symmetrisch angelegt, um auf diese Weise das asymmetrische Wesen des Menschen zu beruhigen und ihn wenigstens zu einer scheinbaren Ordnung zu zwingen.

Ich sagte das meinem Vater in fast denselben Worten, aber er weigerte sich, mir zuzuhören. Er habe keine

Zeit und auch nicht das Bedürfnis, sich mit nebulösen Ansichten über die Ähnlichkeiten und Unterschiede zwischen den beiden Seiten der Welt auseinanderzusetzen. »Am Ende«, sagte er, »nachdem man alles in Betracht gezogen hat, kommt man immer zum gleichen Schluss: Der Mensch ist des Menschen Wolf. So ist das«, fügte er hinzu, »das ist der Sinn der Existenz, alles andere ist leeres Klimpern, Musik ohne Klang, ein Lied ohne Worte.«

Er verstummte. Auch ich blieb stumm. Es regnete noch immer, aber das Zentrum des Sturms war weitergezogen, die Zeitabstände zwischen dem Aufleuchten eines Blitzes und dem Ertönen des Donners wurden jetzt immer länger.

Ich warf einen Blick auf ihn und als ich ihn so durchnässt und zusammengekauert sah, bestrebt, sich aufzuwärmen und das immer heftiger werdende Zittern zu unterdrücken, verstand ich plötzlich, warum er früher über all das nicht reden wollte: Er wollte uns, meine Schwester und mich, vor dem Schmerz und dem Entsetzen bewahren, mit denen zu leben er verurteilt war.

»Was hast du gesagt?«, fragte er, obwohl ich nichts gesagt hatte.

»Dort muss es schrecklich gewesen sein«, antwortete ich.

»Wo denn?«

»Auf der Nackten Insel«, sagte ich.

Er schwieg eine Weile und sagte dann: »Es ist immer schrecklich, wenn man in die Fänge der Geschichte gerät, egal ob das in der Wojwodina oder auf der Nackten Insel ist.«

Um es kurz zu machen: Der Mann, den mein Vater bei einem unserer Spaziergänge gesehen – oder genauer gesagt, gesehen zu haben meinte, – war einer der wohlhabenden Grundbesitzer, die ihm die größten Probleme bei der Durchführung der Zwangsabgabe von Weizen und Mais bereitet hatten. Er war natürlich nicht der einzige Bauer, der sich gegen diesen Raub von Korn und anderen Lebensmitteln stellte, hatte aber damit sonderbarerweise mehr Erfolg als die anderen. Mein Vater spürte, dass dieser Kulak so erfolgreich war, weil er keine Angst vor seinen Drohungen mit dem Gericht, dem Gefängnis und dem Entzug aller Rechte hatte. Um seine Lippen schwebte ständig ein verächtliches Lächeln, das meinen Vater verunsicherte und ihn in einen Zustand vollkommener Machtlosigkeit versetzte. Eines Tages beschloss Vater, dem ein Ende zu bereiten und zu zeigen, wer das Sagen hatte. Er scharte seine besten Mitarbeiter um sich, Männer, die imstande waren, Wände zum Sprechen zu bringen, packte sie auf einen LKW und fuhr mit ihnen in das Dorf nahe Ruma. Am Mittag kamen sie dort an und begaben sich direkt zum Anwesen dieses Bauern. Er und seine Familie waren gerade mit dem Mittagessen fertig und zeigten mit keiner Geste, dass sie Vaters Anwesenheit wahrgenommen hatten. Vater sprach den Bauern erst höflich an, aber weder er noch die Mitglieder seiner Familie reagierten. Vater spürte Wut in ihm hochkommen, ging auf den Bauern zu und begann auf ihn einzuschlagen. Er schlug ihn langsam, und wie er gestand, mit großem Vergnügen, er schlug ihn, bis er am Boden lag, dann knöpfte er seine Hose auf und pisste auf ihn. Die Schreie seiner Frau, die bis dahin die Luft durchschnitten, wurden zum Winseln, während die Kinder, zwei Mädchen und ein Junge, entsetzt auf den Strahl starrten, der aus dem Schwanz meines Vaters kam. Nachdem er die letzten Tropfen abgeschüttelt hatte, sagte er, falls der Bauer auch weiterhin den Schlauen spielen und die Entscheidungen der Volksmacht missachten sollte, würde er ihm das nächste Mal direkt in den Mund pissen. Er hätte es bestimmt auch getan, sagte Vater, aber als er einen Monat später wiederkam, fand er ihn nicht zu Hause vor. Seine Frau jedoch stürzte, meinen Vater lauthals beschimpfend, aus dem Haus, packte in einem Augenblick sogar eine Mistgabel und ging damit auf ihn los. Vater habe, wie er behauptete, keine Angst vor der Mistgabel gehabt, er riss sie der Frau sogar aus den Händen, darauf bespuckte sie ihn, er aber rastete aus und schlug sie erst mit der flachen Hand, dann mit der Faust. Die Frau kam ins Taumeln, stolperte, fiel hin, aus ihrer Nase strömte Blut. Dann begann Vater sie mit den Füßen zu traktieren, sie robbte auf allen Vieren, um seinen Tritten auszuweichen, und am Ende lag sie nur noch zusammengekauert vor der Haustür und winselte wie eine geprügelte Hündin. Am nächsten Tag kam eine bewaffnete Patrouille und schaffte ihren Mann ins Gefängnis, wo er drei Monate eingesperrt blieb. Mehrere Male verhörte man ihn, schlug und drohte ihm mit der Todesstrafe wegen Kollaboration mit dem Feind, für die es aber keine Beweise gab. Im Gegenteil, es meldeten sich Zeugen, die behaupteten, er habe während des ganzen Kriegs mit der antifaschistischen Bewegung sympathisiert, und Vater musste ihn am Ende freilassen. Vielleicht habe man ihn deswegen nach Novi Sad versetzt, sagte er, er werde nie dahinterkommen, so wie er nie dahinterkommen werde, wieso sie beide sich auf derselben Seite und an demselben Ort eingefunden hätten.

Ja, so erzählt, scheint diese Geschichte kurz, aber es waren viele Tage nötig, bis sie eine Gestalt bekam. Manchmal ergab ein ganzer Spaziergang nur zwei oder drei Sätze, die sich von den anderen unterschieden, manchmal aber nur einen einzigen Buchstaben, der am Ende eines Satzes trippelte und das Interpunktionszeichen als sein Kreuz trug. Man musste für all diese Spiele gute Nerven haben und nach den Augenblicken suchen, in denen sich Öffnungen und Durchgänge dem anboten, der sie nutzen wollte. Es galt also, in dem Wust von Erinnerungen, Mutmaßungen und mystischen Silben die Fortsetzung der Geschichte zu erkennen, wobei man sich zugleich belohnte und zu weiteren Missverständnissen verurteilte.

Gerade diese Duplizität, die gleichzeitige Belohnung und Verurteilung, bedingte die Langsamkeit des Berichts und bewirkte, dass das Erzählen zeitweise klang, als spräche man Worte mit dem Mund voll heißer Suppe aus. In solchen Situationen kam ich mir vor wie ein Hund, der die Ohren spitzt, um kein Wort zu verpassen, weil die ganze Konstruktion der Erzählung zusammenbrechen könnte, wenn auch nur ein Laut falsch interpretiert oder ein Buchstabe falsch aufgeschrieben würde.

»Immer machst du dir zu viele Sorgen«, sagte mir Vater einmal, »deshalb wirst du nie die Kunst des richtigen Lebens beherrschen.«

»Aber du beherrschst sie«, entgegnete ich ihm sarkastisch und bereute es im nächsten Augenblick. In jenen Tagen verlor er oft das Gleichgewicht, fiel hin, tat sich weh, aber ich wollte ihn nicht glauben lassen, dass ich ihn aus welchem Grund auch immer auslachte. Deshalb fügte ich schnell hinzu: »Ich hoffe, du verstehst mich nicht falsch.«

»Du brauchst dich nicht zu entschuldigen«, sagte er, ohne mich anzusehen. »Das Leben ist ein zäher Kämpfer und in meinem Fall gelang es ihm, rechtzeitig zurückzuschlagen und sich für alles zu rächen, was ich ihm angetan habe. Statt dass ich ihm den Garaus machte, machte es ihn mir.«

»Ich verstehe nicht«, entgegnete ich verlegen, »wolltest du dich wirklich umbringen?«

Jetzt sah er mich doch an und sagte: »Du bist wirklich ein Dummkopf, glaubst du, ich hätte auf der Nackten Insel Naturwunder überlebt, um mir danach das Leben zu nehmen?«

Ich brauchte Zeit, endlich zu begreifen, dass auch er die Parkinsonkrankheit als Strafe für verschiedene Untaten und Verbrechen begriff, die er im Leben begangen hatte, und dass ihm keine andere Wahl blieb, als sie bis zum Ende zu ertragen und durch eigenes Leiden zu erkennen, welches Leid er anderen zugefügt hatte. Gleichzeitig akzeptierte er jedoch seine Krankheit als eine Art Trost, als die Möglichkeit, den Einfluss des Bösen auf den feingestrickten Geist des Menschen zu verstehen, etwas Gutes zu seiner Erlösung zu tun.

Ich erinnere mich, dass ich ihn damals fragte, ob das nicht ein allzu hoher Preis für den Glauben an die Wahrhaftigkeit und Richtigkeit eines politischen Systems sei, vor allem wenn man bedenkt, dass er ihn schon mit der Verbüßung der Strafe im Lager auf der Nackten Insel bezahlt habe.

Beim nächsten Spaziergang etwa zehn Tage später ergänzte er das mit folgenden Worten: »Das Lager auf der Nackten Insel ist das beste Beispiel dafür, dass es naiv ist zu glauben, man könne dadurch, dass man jemandes Körper bricht, auch seinen Geist brechen. Jeder Stein, den ich dort schleppte, jeder Stein, der mich dort verletzte, hat mich nur stärker gemacht und meine Wunden geheilt. Als ich entlassen wurde und nach Hause kam, war ich noch mehr davon überzeugt, dass ich, bevor man mich ins Lager steckte, auf dem richtigen Weg gewesen war. Übrigens, hätten sie uns nicht dorthin geschickt, hätten wir es mit ihnen getan. Sie waren nur schneller. Wir arbeiteten uns auf einem schmalen Pfad durch ein Dickicht, sie auf einem anderen. Beide waren von Dornenranken überwuchert, aber sie wurden mit den Dornen besser fertig als wir und kamen schneller aus dem Dickicht heraus. Als Belohnung erhielten sie die ganze Regierungsgewalt und die nutzten sie auch weidlich aus. Das zu verstehen, bedarf keiner großen Weisheit.«

Ich gebe zu, alles könne man als Schicksalsschlag deuten, sagte ich ihm, aber das gehe nur, wenn man akzeptiert, dass wir unser Schicksal selbst bestimmen, dass wir aktive Teilnehmer und nicht nur passive Mitspieler sind. Allein dann gestalten wir unser Schicksal wirklich, haben die Möglichkeit der freien Wahl und können folglich in jedem Augenblick entscheiden, was wir tun, und erst dann, erst durch unsere Entscheidung bestimmen wir unser Schicksal, das sich dann nie mehr verändert. Mit anderen Worten, wenn wir nach vorne blicken, sehen wir nicht nur einen möglichen Weg, sondern ein ganzes Netz von Wegen und Kreuzungen, wenn wir hingegen zurückschauen, erblicken wir nur einen bestimmten und nie mehr zu verändernden Weg, den Weg unseres Schicksals.

Vater blieb stehen und sah mich an: »Genau das habe ich soeben behauptet«, sagte er.

»Nicht gerade genau das«, entgegnete ich, »da gibt es doch einen ziemlichen Unterschied.«

Vater setzte seinen Spaziergang fort.

Ich ließ ihn ein paar Schritte vorgehen, dann folgte ich ihm. Man hörte seine Schuhsohlen über den asphaltierten Weg schlurfen. In der letzten Zeit waren seine Schritte kleiner geworden, er hob die Füße kaum noch vom Boden. Statt mit der Ferse aufzutreten, tat er es mit den Zehenspitzen, was zu Trippelschritten und zu merklichem Gleichgewichtsverlust führte. Tausendmal hatte ich ihm gesagt, er müsse bewusst seinen Füßen befehlen, mit der Ferse nach vorne aufzutreten, und er hatte mir tausendmal versprochen, es zu tun, aber nur einen Augenblick später hörte man das bekannte Reiben der Schuhsohlen auf dem Asphalt, und er trippelte neben mir wie eine chinesische Prinzessin auf ihren kleinen bandagierten Füßen.

»Sie brauchen sich keine Vorwürfe zu machen«, sagte mir sein Arzt. »Sie haben alles getan, was in Ihrer Macht stand, sogar mehr als das. Aber denken Sie an unser Gespräch von vor einigen Monaten zurück. Sie werden sich erinnern, dass ich Ihnen damals sagte, das Maß unseres Erfolgs stecke in seinen Knien und er werde gut laufen können, solange seine Knie durchgedrückt bleiben. Knicken sie ein, wird sich sein Oberkörper nach vorne neigen, am Anfang nur wenig, dann immer mehr, bis er große Anstrengungen unternehmen muss, wenn er den Kopf zu drehen und nach oben zu blicken versucht, um das lächelnde Gesicht der Nachbarin von der dritten Etage zu sehen, die sich anschickt, ihren Zwergschnauzer in den Park auszuführen. Hier, überzeugen Sie sich selbst«, sagte der Arzt. Er bat meinen Vater aufzustehen, den Gürtel aufzumachen und die

Hose bis auf die Knöchel herunterfallen zu lassen, dann forderte er mich auf, ihn von der Seite anzusehen. »Schauen Sie sich seine Knie an«, sagte der Arzt. In der Tat, Vaters Knie waren eingeknickt, als bereite er sich auf einen Sprung vor. »Ja, sprungbereit«, sagte der Arzt, »was eigentlich absurd ist, weil er nie mehr in seinem Leben einen ernstlichen Sprung ausführen wird.«

Der Gedanke, dass mein Vater in seinem Leben nie mehr weit springen würde, machte mich so traurig, dass mir die Tränen kamen.

Der Arzt reichte mir ein Papiertaschentuch. »Es lohnt sich nicht, deswegen zu weinen«, sagte er, »Tränen führen zu nichts.« Er empfahl, unsere Spaziergänge fortzusetzen und deren Länge Vaters Möglichkeiten anzupassen. »Und sobald er Zeichen der Müdigkeit zeigt«, sagte er, »machen Sie eine Pause, setzen Sie sich und ruhen Sie aus. Mit der Zeit werden Sie immer weniger gehen und immer länger sitzen, aber dafür wird ihm jeder Schritt, der ihm gelingt, so viel wert sein wie mindestens zehn Schritte, die er früher gemacht hatte.«

»Ich hoffe, das war klar«, sagte ich zu meinem Vater, als wir das Besprechungszimmer von Dr. Stanković verließen. »Wir müssen jeden Tag spazieren, gekniffen wird nicht.«

»Ja, aber nur so lange, wie ich kann«, sagte Vater unverhohlen triumphierend.

Ich machte ihn darauf aufmerksam, dass jedes Verkürzen der Spaziergänge auch eine Verkürzung seines

Lebens bedeute, dass dies allen vitalen Funktionen des Organismus schade, aber er wollte nicht auf mich hören. Daher verbrachten wir seine letzten Monate meist auf den Sitzbänken der Promenade, wo wir Vögel fütterten, Bücher lasen (genauer, ich las ihm welche vor) und die Zeit mit dem Wortspiel vertrieben. Ich weiß nicht, ob es dieses Spiel wirklich gibt oder, wenn ja, wie es heißt, ich erinnere mich nur, dass ich es mit meiner Schwester spielte, als ich klein war, und dass ich überzeugt war, Vater habe es uns beigebracht. Das Spiel war leicht: Einer sagte ein Wort, der nächste Spieler musste daraufhin ein Wort finden, das mit dem letzten Buchstaben des zuerst genannten Wortes begann. Wenn ich zum Beispiel »Tiger« sagte, musste der nächste Spieler etwa »Reis« sagen, dann musste ich oder, falls man zu Dritt spielte, der dritte Spieler zum Beispiel »Sonne« sagen, und wieder wäre der erste Spieler dran, der, sagen wir, »Ernte« sagen würde, und so weiter, bis einem der Spieler kein Wort mehr einfiel, das mit dem letzten Buchstaben des Wortes seines Vorgängers begann.

Zunächst reihten wir bei unseren Spaziergängen die Wörter schnell aneinander, aber seit wir beschlossen – das heißt, Vater beschloss es und ich lenkte ein –, weniger zu laufen und mehr Zeit auf einer Bank auf der Promenade oder im Park zu verbringen, wurde das Wortspiel langsamer und Vater brauchte länger, bis ihm die Wörter einfielen, insbesondere solche, die mit H, L oder J begannen. Das dauerte etwa zwei bis drei Wochen, danach wurde sein Gedächtnis wieder besser und er konnte mit Leichtigkeit Wörter wie »Haus«, »Laub« oder »Jauche« finden. Einen Monat lang lief es sehr gut, dann war wieder das Schweigen an der Reihe, genauer die stille Anstrengung, der Laut, den er von sich gab, während er sich abmühte, das nötige Wort hervorzubringen.

Ich war überzeugt, all das wäre vermeidbar gewesen, hätten wir mit den Spaziergängen und den gymnastischen Übungen weitergemacht. Während sein Schweigen immer länger dauerte, wuchs bei mir das Gefühl, ich würde ihn bald verlieren, aber gleichzeitig auch die Vermutung, er tue es absichtlich. Er wusste, dass er eine unheilbare Krankheit hatte, die er nicht besiegen konnte. Das sei ihm klar, sagte er oft, nur wisse er nicht, warum gerade er diese Krankheit bekommen musste und ob er sie als eine besondere Auszeichnung oder als Strafe betrachten solle.

Wir unterhielten uns öfter darüber, und im Verlauf der Krankheit änderte er einige Male seine Meinung. Am Ende überwog die Überzeugung, dass es sich um eine Strafe Gottes handelte wegen seiner Herzlosigkeit, die er als Vertreter der Obrigkeit im Umgang mit den Menschen an den Tag gelegt hatte. Manchmal habe er sogar daran gedacht, sagte er mir bei einem Spaziergang, sein Aufenthalt auf der Nackten Insel sei die Strafe für all das, was er in den Dörfern der Wojwodina getrieben hatte. Entweder stehe alles mit allem in Verbindung, sagte er, oder nichts sei miteinander verbunden. Die erste Variante würde bedeuten, dass jeder für jede seiner Taten verantwortlich sei, was die Ordnung der Welt, in der wir lebten, garantiere, während die zweite Variante einem Chaos gleichkäme, der Anarchie, in der jeder tun könne, was ihm beliebt, was darauf hinausläuft, dass keiner wirklich etwas tut.

Interessanterweise wurden mit den kürzeren Spaziergängen auch seine Monologe und Dialoge kürzer. Je weniger er lief, desto länger schwieg er. Ich machte seinen Arzt darauf aufmerksam und hoffte, er könne mir dafür eine Erklärung liefern. Aber Dr. Stanković wusste nicht viel mehr als ich. Er nahm an, sagte er, dass mit dem abnehmenden Interesse am Gespräch der Prozess der Abkapselung, der Einschließung in die eigene Welt beginne, konnte mir indes nicht erklären, warum der Kranke sich dafür entschied. Vielleicht sei das auf den Schwund einer bestimmten Anzahl von Hirnzellen, die Levodopa bilden, zurückzuführen? Wenn das stimme, dann könne man dem Kranken, zumindest bei dem heutigen Erkenntnisstand über diese Krankheit, nicht mehr helfen.

»Ich sage es ja«, sagte mein Vater, »tot oder lebendig – da ist kein großer Unterschied.«

Wir saßen auf der Terasse des Restaurants Venecija und tranken Tee. Wir tranken Tee, weil es ein heißer Tag war und gekühlte Getränke uns noch mehr hätten schwitzen lassen. Wir glaubten, der Tee würde uns helfen, ein Gleichgewicht zwischen der Innen- und der Außenwelt herzustellen, leichter zu atmen. Dennoch konnten wir ein gewisses Maß an Gereiztheit nicht unterdrücken. Vater hatte Einwände gegen alles, was der alte Kellner Velja tat: von der Art zu fragen, was wir wünschten, bis zu seinen schroffen Kommentaren zu Personen, die in ein Restaurant kommen, um nur einen Tee zu bestellen. »Wenn sie krank sind«, brummte Velja, »sollten sie zu Hause bleiben und Sauerkraut essen, das hat eine Menge Vitamin C.« Vergeblich versuchte ich, ihm zu erklären, dass das Teetrinken eine Kunst sei, dass Kamillen- und Pfefferminztee keine Tees, sondern pflanzliche Getränke seien und dass sie in ihrem Restaurant wenigstens auch noch grünen und schwarzen Tee anbieten müssten. Der Kellner Velja sah mich eine Weile an und fragte: »Junge, willst du mich verarschen? Glaubst du, ich habe nur darauf gewartet, dass du geboren wirst und mir beibringst, was ein echter Tee ist?«

»Schon gut, Velja«, sagte mein Vater, »warum regst du dich so auf? Wegen Sauerkraut und einer Tasse grünen Tees?«

»Wäre er nicht dein Sohn«, fuhr der Kellner Velja fort, »hätte ich ihm schon längst den Hals umgedreht.«

»Ich weiß, dass du es getan hättest«, sagte Vater lächelnd, »und ich habe auch gesehen, wie du das getan hast, das wirst du wohl nicht verlernt haben! Bring uns jetzt lieber einen Kamillen- und einen Pfefferminztee, nächstes Mal werden wir sehen, welcher Tee Spuren in unserem Körper hinterlässt.«

Ich wartete, bis der Kellner Velja sich entfernt hatte,

dann fragte ich meinen Vater flüsternd: »Hast du ihn wirklich jemanden erwürgen sehen?«

Vater schloss langsam die Augen und öffnete sie genauso langsam wieder.

»Wo denn?«

»Wo, wenn nicht dort?«, antwortete Vater mit einer Gegenfrage.

Ich gebe zu, ich glaubte ihm nicht gleich, obwohl ich wusste, dass er es immer ernst meinte, wenn es sich um die Nackte Insel und um das Lager darauf handelte. Es wäre eigentlich treffender zu sagen, dass er in den Momenten, in denen er sich öffnete und über die Nackte Insel redete, nie zu Verfälschungen und Ausschmückung der Wahrheit griff. Ich muss gleich hinzufügen, dass er mir nie die ganze Geschichte erzählte, vielmehr überließ er es mir und meiner Fantasie, sie auszumalen und zu vervollständigen. Dasselbe tat er mit der Geschichte über die Zwangsabgabe des Weizens und anderer landwirtschaftlicher Produkte. Gefiel mir seine Version nicht, so war das nicht ihm vorzuwerfen. Er sagte dann nur, am einfachsten sei es, sich an die Wirklichkeit zu halten, an jene feine Patina, mit der die Zeit manchmal leicht, manchmal mit Nachdruck die Haut unserer Gesichter überziehe.

Was ihn also in den Wirbel des Lebens stürzte und ihn jäh daran hinderte, sich völlig dem Tod zu ergeben, ereignete sich, erzählte Vater, als sie aus dem Rumpf des kleinen Schiffs getrieben wurden, das sie zu der Nackten Insel (für sie immer noch ein namenloser Ort) gebracht hatte. Während er durch das Spalier der älteren Lagerinsassen taumelte – lauter wahnsinnig gewordene Männer, die sie anbrüllten, anspuckten, auf sie einprügelten –, und er einzig den Wunsch hatte, sich hinzulegen und einzuschlafen, vernahm er plötzlich eine Stimme. Jemand rief ihm vom Rand des Infernos zu und sagte ihm durch zusammengepresste Zähne, er müsse auf den Beinen bleiben. Wenn er sich dem Schlaf überließe, werde er nie mehr aufwachen. Der Mann, der das sagte, schüttelte ihn kräftig, holte dann mit der Hand weit zum Schlag aus, aber Vater verspürte keinen Schmerz. Er wollte an der Stelle verharren, der Mann schubste ihn jedoch weiter und Vater fand sich wieder mitten in dem brodelnden Strom verstörter Menschenleiber. Erst als die Tortur aufhörte, das heißt, als er ans Ende des Kordons wild gewordener Menschen gelangt war, die zu dem abgehackten Rhythmus des Rufs »Haut drauf! Haut drauf!« Schläge und Tritte austeilten, drehte er sich um in dem Wunsch, den unbekannten Mann zu sehen, aber da seine Augen tränten und seine Augenlider angeschwollen waren, konnte er sich schlecht orientieren und erkannte nicht, wo er war. Eines fiel ihm allerdings auf: Obwohl überall bewaffnete Milizmänner zu sehen waren, beteiligten sich diese nicht am Verprügeln der Neuen, man hatte eher den Eindruck, sie waren da, weil sie Lust am Absurden empfanden und nicht, um es zu lenken. Und das Absurde war vollkommen: Während in allen Zuchthäusern und Straflagern die Gefangenen eine erkennbare

Einheit bilden und sich von der Leitung der Anstalt unterscheiden, spielten sie hier zugleich alle Rollen. Man wagte nicht, auch nur ein Wort mit ihnen zu wechseln, denn man konnte nicht wissen, auf welcher Seite sie standen. Einer, der wie ein echter Strafgefangener wirkte, konnte sich in der nächsten Sekunde in einen Schläger verwandeln, der mit dem Ruf »Haut drauf! Haut drauf!« auch noch andere Strafgefangene auf einen hetzte.

»Ja, das haben Sie richtig beobachtet«, sagte mir Dr. Stanković, »seine Erzählung zerbröselt allmählich, die Grenzen zwischen ihren Segmenten verschwinden immer mehr. Die einen verflechten sich mit den anderen und ersetzen einander, einige werden breiter, andere schmaler, und man darf sich nicht wundern, wenn einige von ihnen völlig verschwinden. Die Demenz ist unberechenbar: Mal rast sie dahin wie ein Schnellzug, mal keucht sie wie eine mit Kohle betriebene Dampflok; jedenfalls dürfen Sie nicht mit einem zuverlässigen Fahrplan rechnen.«

»Mit anderen Worten«, sagte ich, »es kann passieren, dass er es nicht schafft, mir seine Geschichte zu Ende zu erzählen. Meinten Sie das?«

»Ja«, antwortete Vaters Arzt, »so wie es ebenfalls leicht passieren kann, dass die Geschichte eine völlig neue Form annimmt, dass neue Details auftauchen, dass die Gestalten ihre Rollen vertauschen, dass etwas Belangloses sehr wichtig wird oder etwas Wichtiges seine Bedeutung verliert. Und es bleibt natürlich immer noch die Möglichkeit, dass er sie bis zu Ende in der Form erzählt, in der er sie begonnen hat. Lassen Sie ihn ruhig so erzählen, wie es ihm beliebt. Drängen Sie ihn nicht, Eile ist für eine Erzählung tödlich.«

Das war am Montag bei Vaters regelmäßiger Kontrolluntersuchung in der neurologischen Klinik. Die Ankündigung seiner Demenz überraschte mich nicht, obwohl mich die Möglichkeit ihres so schnellen Fortschreitens beunruhigte. Heute war ein neuer Tag und es ging mir schon besser. Ich war früh aufgestanden, hatte mich rasiert und geduscht und danach das Frühstück für uns beide vorbereitet. Dann hörte ich ihn in seinem Zimmer nach mir rufen. Ich wusste, was mich dort erwartete: Tausendmal hatte ich ihm gesagt, er solle im Sitzen seinen Schlafanzug ausziehen oder seine Unterwäsche wechseln, und er hatte mir tausendmal versprochen, es zu tun, dennoch fand ich ihn rücklings auf dem Boden liegend, hilflos, den Tränen nahe.

»Sei mir nicht böse«, sagte er, »aber jedes Mal glaube ich, es gehe mir besser und mein Gleichgewicht sei völlig in Ordnung, dann aber, genau auf halbem Weg verliere ich plötzlich den Halt, beginne wie eine Baumkrone im Wind zu wanken, und wenn ich die Augen öffne, merke ich, dass ich am Boden liege.«

»Eines Tages wirst du noch aus dem Fenster hinausfliegen und die Augen nicht mehr öffnen können«, sagte ich. Ich sprach strenger als sonst mit ihm, das kam gelegentlich vor, vor allem, wenn ich mir Vorwürfe machte für etwas, was ich nicht wiedergutmachen oder wieder in Ordnung bringen konnte. Ich wusste nämlich, dass alles, was ich für ihn tat, nur vergebliche Liebesmühe war. Ich konnte mich noch so sehr anstrengen, das Ende stand aber schon fest: Früher oder später würde ich meine Niederlage eingestehen müssen. Diese Erkenntnis war die Quelle all meiner Frustrationen, die mich dazu brachten, meinem Vater die Schuld für die Lage zu geben, in der er sich befand. Damit war ich natürlich im Unrecht, aber manchmal bekommen wir Trost von unerwarteter Seite. Nehmen wir zum Beispiel meine Mutter, seine Frau. Vater hatte nie Scham oder Reue gezeigt wegen seiner Art, sie zu behandeln. Als ich ihm das einmal offen sagte, als ich ihm nämlich ohne Umschweife vorwarf, er sei schuld daran, dass Mutter sich ihrer Krankheit nicht wirksamer hatte widersetzen können, lachte er spöttisch. »Nichts weißt du, mein Junge«, sagte er, »ich würde dir empfehlen, die Dinge im richtigen Licht zu sehen.« »Willst du damit sagen, dass die Geschichte von eurer ersten Begegnung nicht stimmt?«

»Nein«, sagte er, »das nicht.«

»Hatte sie dir also wirklich gesagt«, fragte ich, »keine Unterhose anzuhaben und sich von ihren Zöpfen nicht trennen zu wollen?«

»Genau das.«

»Und du hast dann darauf bestanden«, sagte ich, »diese Unterhose zu sehen, und sie nahm dich mit zu ihr nach Hause und dort konntest du im Hof wirklich ihre Unterhose auf der Leine in der morgendlichen

Sonne leuchten sehen, wodurch dir klar wurde, sie sei die Frau, mit der es wert war, das Leben zu verbringen. Stimmt das alles?«

Ja, das stimmte alles. Allerdings hatte er nicht die Tatsache berücksichtigt, dass sie mit jenem Großbauern verwandt war, an dem er sich derart fürchterlich ausgetobt hatte, dass man dies nie mehr vergessen konnte. Er hatte es nicht vergessen, sie aber auch nicht. Geduldig wie eine auf seiner Brust zusammengekringelte Giftschlange wartete sie auf ihren Moment. Und dieser Moment kam in der Zeit des Zerwürfnisses zwischen dem Kominform und Jugoslawien, ausgerechnet da, sagte mein Vater, habe seine geliebte Ehefrau ihn angezeigt und versichert, sie habe ihn öfter behaupten hören, Tito sei Stalin mit Verlaub in den Arsch gekrochen und würde seine Nase dort nur schwer wieder rauskriegen. Ich wollte von Vater wissen, wo und von wem er all das erfahren habe, er antwortete, er habe es auf der Nackten Insel von dem damaligen Parteisekretär gehört, der ihre Anzeige an die zuständige Stelle weitergeleitet hatte. Als er nach Verbüßung seiner Strafe wieder zu Hause war, habe er ihr nicht verraten, dass er von ihrer Rolle bei den ihm zugefügten Qualen wusste. Es sei für ihn nicht leicht gewesen, aber er war überzeugt, man werde doch dahinterkommen, wer von ihnen beiden der wahre Schuldige sei. Und als sich ihre Krankheit in ihrer ganzen Pracht offenbarte, wusste er, dies sei die Strafe für das Böse, das sie ihm angetan hatte. Also, sagte er mir, nicht er oder sein Benehmen ihr gegenüber seien der Grund für ihren Zustand gewesen, sondern sie habe den Preis für ihre heimtückische Rolle an seinem Leiden bezahlt.

Ich glaubte nicht an solchen Unsinn, sagte ich ihm, weil ich nicht von einem solchen im Voraus bestimmten Schicksal überzeugt sei. Es gebe so viele schlechte Menschen, Schurken und Übeltäter, die unbehelligt in ihrem Bett sterben, weswegen man an einem Schicksal zweifeln müsse, das sie verschont und von jeder Schuld befreit. Übrigens, fragte ich ihn einmal, wie deute er dann seine Krankheit, wer sei an ihrem Ausbruch schuld?

Du wirst überrascht sein, wenn du das erfährst, warnte er mich, und ich war wirklich überrascht. Zunächst erinnerte er mich an das Begrüßungsritual auf der Nackten Insel, an den »Willkommensgruß«, der darin bestand, dass die wildgewordenen alten Sträflinge auf die Ankömmlinge beim Spießrutenlauf einprügelten. Die Schläge kamen aus allen Richtungen, es war egal, ob sie den Kopf, den Rücken, den Bauch, die Nieren trafen. Wenn der Neue dabei zu Boden stürzte, wurde er zu Tode getrampelt. Mein Vater, so erzählte er mir, sei dabei auch gefallen, aber sofort danach habe er eine Stimme vernommen, die ihm sagte: »Steh auf und lauf! Lauf, so schnell du kannst, wenn du am Leben bleiben willst!« Vater blickte nach oben, sah aber nur eine Faust, die blitzschnell auf ihn zukam, aber statt ihn zu zermalmen, ihn lediglich streifte und wie von der Wucht des Schlags getragen von seiner Schulter zurückprallte. Es vergingen vier Monate, bis er erfuhr, wer ihm diesen vorgetäuschten Schlag verpasst hatte, aber dann hatte er nichts Eiligeres zu tun, als den Betreffenden beim Zimmeraufseher anzuzeigen. Bald haftete ihm im Lager der Ruf des »Berufspetzers« an: Sobald er auf einen Mitgefangenen zuging, suchte dieser das Weite, sodass ihn bei seinen Bewegungen im Lager eine Wolke des Schweigens umgab. Vater behauptete jedoch, nur auf diese Weise habe er überleben können, was eine reine Erfindung war, denn zahlreiche Menschen haben während viel längerer Zeit auf der Nackten Insel Schlimmeres ausgehalten.

Nachdem er sich schließlich geöffnet und von seinen Erlebnissen im Lager zu berichten angefangen hatte, war Vater nicht mehr zu bremsen, aber seit er mir gestanden hatte, dass er regelmäßig seine Mithäftlinge angezeigt hatte, sogar solche, von denen alle wussten, dass sie als Menschen sauber und anständig gewesen waren, interessierten mich die weiteren Einzelheiten nicht mehr. Als wir an einem Spätnachmittag von unserem Spaziergang nach Hause gingen, fragte er mich sogar, wieso ich ihm keine Fragen mehr stellen würde.

»Weil du meine Frage beantwortet hast«, sagte ich.

»Welche Frage?«

»Wer der Hauptschuldige an deiner Krankheit ist.«

»Und wer ist das?«

»Alle anderen, nur du nicht«, entgegnete ich. »Im Grunde bist du der einzige Schuldige. Du hast dich selbst erschaffen. Dein Schicksal bist du.« »Quatsch«, versuchte Vater zu protestieren, aber seine Stimme versagte, die Finger der linken Hand begannen zu zittern, sein Kopf sackte zwischen die Schultern, sein Rücken wurde rund. Mit einem Mal sah er kranker aus als zuvor. Er machte noch drei, vier unsichere Schritte und blieb stehen. Ich schlug vor, ein Taxi zu rufen, holte schon das Handy aus der Hosentasche, aber er wollte nichts davon hören. »Wenn ich wirklich der Schmied meines Schicksals bin«, sagte er, »dann sollte wohl ich diese Entscheidung treffen, meinst du nicht auch?«

»Doch, doch«, sagte ich, »aber wenn du eine Entscheidung allein triffst, darfst du dich später nicht über deren Folgen beklagen.«

Vater schwieg. Er schien weiter zu schrumpfen, verschwand immer mehr, als sollte von ihm bald nichts mehr übrig bleiben. Er mutete an wie der Sturm, der uns zuerst von der Promenade wegfegte, dann unserer leid wurde und uns zwang, zusammengekauert in der Dunkelheit demütig darauf zu warten, dass er vorüberging. »Ein Glück«, sagte ich, um das peinliche Schweigen zu unterbrechen, »dass diese Sommerstürme so kurz dauern ... Bald können wir uns auf den Weg nach Hause machen. Hätte ich einen Regenschirm mitgenommen, wäre das natürlich schon jetzt möglich, aber es sieht so aus, als hätte das Schicksal auch dabei seine Finger im Spiel.«

Vater richtete sich auf, genauer, er versuchte sich aufzurichten, soweit ihm das seine verkrampften Muskeln und seine steifen Knochen erlaubten, und sagte verärgert, niemand habe ihm je Befehle erteilt, also werde das keinem auch noch so starken und gefährlichen Sturm gelingen. Wir standen zum Teil gegen den Regen geschützt vor dem Eingang eines Wohnhauses. Kaum hatte Vater die Aufforderung zum Aufbruch ausgesprochen, tat er auch den ersten Schritt, übersah dabei aber zwei flache Stufen, was genügte, das Gleichgewicht zu verlieren, ins Wanken zu geraten und zu Boden zu stürzen.

Solche Stürze sind entsetzlich, weil sie die absolute Unfähigkeit des Körpers offenbaren, mit der Parkinsonkrankheit fertigzuwerden. In einem solchen Fall reagiert ein gesunder Mensch intuitiv und schafft es, Schaden abzuwenden: Er streckt die Arme aus, beugt die Knie, schiebt die Schultern nach vorne; der Kranke verfügt jedoch nicht über diesen Luxus an Selbstschutz. Er stürzt hin wie eine baufällige Mauer oder wie ein gefällter Baum, so, als fehle seinem Körper jegliche Erinnerung an frühere Stürze, als habe er nichts aus ihnen gelernt. Er stürzt, als sei es das erste Mal, mit steifem Körper und mit einem Gesicht, das zuerst völlige Verdutztheit, am Ende aber Verlegenheit und Verwirrung zeigt, sowie den Wunsch, an irgendeinem anderen Ort zu sein.

»Hilfst du mir aufzustehen«, röchelte mein Vater, »oder willst du mich diesem Sauwetter auf Gedeih und Verderb ausliefern?«

Ich traute meinen Ohren nicht: *Mein Vater bittet mich um Hilfe!* Nach all den zerrissenen Unterhosen und Schlafanzügen, in die er ohne meine Hilfe schlüpfen wollte, nach all den abgesprungenen Hemdknöpfen, die seinen Fingern entglitten und in wer weiß welche Zimmerecke flogen; also nach all dem jetzt der Augenblick, in dem er sich selbst annimmt, so wie er ist. Leider etwas zu spät, vielleicht auch nicht, dennoch vermag dieses Geständnis nichts mehr zu ändern. Seine Krankheit kennt keine Umkehr, kein Zurück zum Zustand der Gesundheit, sie ist unheilbar. Die Gleichgewichtsstörung kann nicht mehr rückgängig gemacht werden, ein sicherer Gang auf einem über einen Abgrund gespannten Seil ist nicht mehr möglich.

Ich sagte ihm natürlich nichts davon, als ich mich bückte und ihm half, auf die Beine zu kommen. Die Tropfen in seinem Gesicht konnten sowohl Regentropfen als auch Tränen sein, ich entschied mich aber für die Tränen und zwang ihn auf diese Weise, wenigstens eine Spur Demut zu zeigen, zu gestehen, dass er für sein Schicksal und damit auch für seine Krankheit verantwortlich war. Er nutzte jedoch diese Gelegenheit, seinen Schmerz voll zum Ausdruck zu bringen, und begann zu schluchzen, zu schnaufen und zu stöhnen, was mich natürlich nur noch misstrauischer machte.

So endete alles. Während seine Schultern vor Heulen und Schluchzen bebten, verdeckte er sein Gesicht mit den Händen, aber ich merkte, wie er durch die Finger lugte, um sich zu vergewissern, welchen Eindruck das auf mich machte. All dies dauerte zu lange, weil wir keinen Regenschirm hatten und deshalb warten mussten, dass der Regen ganz aufhörte. Am Ende verharrten wir ohne Worte in bedeutungsloser Stille. Stumm kehrten wir auch in seine Wohnung zurück, die allmählich zu meiner Wohnung wurde, obwohl ich bestrebt war, sie so wenig wie möglich als meine zu betrachten, wohl wissend, wie unmöglich das ist, denn das Leben besteht daraus, Dinge zu horten, die wir, ob wir es wollen oder nicht, unser Eigen nennen. Diesen Prozess beobachtete ich zur gleichen Zeit in meiner ursprünglichen Wohnung, in die, nachdem ich zu Vater umgesiedelt war, meine Nichten einzogen und sie dann langsam aber sicher zu ihrer Wohnung machten.

Es mag ein Fehler gewesen sein, dass ich an Vaters Aufrichtigkeit zweifelte und an seiner Fähigkeit, sich zu ändern, denn ich bin überzeugt, dass man an der Aufrichtigkeit eines jeden Menschen zweifeln kann. Am einfachsten ist es zu sagen, der Mensch ist gut und deshalb dazu verdammt, in unserer verdorbenen Welt zu leiden, dabei sehnt er sich nach dem Paradies, aus dem er vor langer Zeit vertrieben wurde. Aber seien wir ehrlich: Bevor er aus dem Paradies vertrieben wurde, zeigte sich der Mensch schon als Lügner, Wendehals, Aufsässiger, Lüstling, böswilliger Schuft, Aufwiegler und vieles andere mehr, mit einem Wort, als das größte Ekel unter dem Himmelszelt, weswegen man sich nicht wundern sollte, dass der Schöpfer aller Dinge seine scheinbar übereilte Entscheidung traf. Er tat das nicht wegen des Menschen, sondern wegen seiner selbst, weil das Benehmen des Menschen ihn nämlich in einem schlechten Licht erscheinen ließ. Das war es, was ihn veranlasste, den Menschen aus dem Spiel auszuschließen, besser gesagt, zu versuchen, es zu tun.

So ungefähr lautete der Sermon, den ich alle zwei bis drei Stunden vor meinem Vater herunterleierte. Jetzt weiß ich nicht mehr, was ich damit bezwecken wollte. Ich sprach die Worte aus, als sollten sie zur Erhöhung seiner Körpertemperatur beitragen, als würden sie am Ende zu einem Schweißausbruch führen, wobei zusammen mit den Schweißperlen all das Böse aus ihm herausflösse, das ich mit so vielen Worten benannt hatte. Gott bedeutete ihm ohnehin nichts, zumal früher, als man es nicht gerade allzu sehr mit Göttern hatte. Es habe übrigens schon einen Gott gegeben, an dem man nicht zweifeln durfte, sagte Vater einmal, es habe eigentlich eine ganze Reihe verschiedenster Götter mit je einem eigenen Ressort und einer eigenen Aufgabe gegeben, und wenn einer von ihnen auch nur den kleinsten Fehler machte, ereilte ihn sofort die Strafe und er stürzte aus den himmlischen Höhen auf den harten Boden der Wirklichkeit herab. Das Ziel eines solchen Systems sei natürlich gewesen, Folgsamkeit und Treue zu fördern, was stets mit dem Versprechen belohnt wurde, die Demütigen und Folgsamen würden auf der gesellschaftlichen Leiter vorankommen, und das kam dem Versprechen gleich, sie würden zu den himmlischen Höhen aufsteigen. Was er nicht ganz verstanden habe, sagte Vater, war die Tatsache, dass mit dem Erklimmen dieser Leiter auch die Geschwindigkeit des Sturzes wuchs. Mit anderen Worten, je weiter man vorankam, umso schneller konnte man alles verlieren. Und dann, sagte er, dann wachte man nackt auf mit leeren Händen und, was am schlimmsten war, mit leerem Kopf. Nichts hatte man mehr, nichts besaß man mehr, man war ein menschliches Nichts, das für wenig Geld verkauft und wiederverkauft wurde, total verwirrt, völlig enterbt. Und nie, sagte mein Vater, habe jemand einem erklärt, warum das geschah, wer eigentlich schuld daran war und weswegen.

Er wiederholte diese Fragen, als sei ich berufen, ihm die Antworten darauf zu geben, die vielmehr ich von ihm erwartete. Man könnte sagen, wir befanden uns in einer idealen Patt-Position: Er war ein Vater, der seinem Sohn nichts zu bieten, ich ein Sohn, der sich bei seinem Vater für nichts zu revanchieren hatte. Worte halfen uns nicht, Schweigen ebenso wenig. Weder er noch ich hatten ein freies Feld, auf dem wir das Spiel fortsetzen konnten. Wir standen da, sahen einander an, und wir hätten es ewig weiter tun können, nichts hätte sich geändert. Wir waren wie zwei Vogelscheuchen auf einem Sonnenblumenfeld, die kein Vogel ernst nahm.

Mir blieb noch zu fragen, ob er sich verändert hätte, wenn die Dinge anders gelaufen wären. Er reagierte ärgerlich, als hätte ich so etwas nicht fragen dürfen. »Was meinst du«, fragte er mich, »dass wir sie gehätschelt und getätschelt, ihnen auf die Schulter geklopft und sie darauf vertröstet hätten, bald käme ihre Zeit, sie sei schon da, gleich um die Ecke?«

Dann erzählte er mir von den Straflagern, von einer ganzen Kaskade von Lagern und davon, auf welche Weise er Trost fand, bevor er in seiner Baracke auf der Nackten Insel in Schlaf versank. Er stellte sich diese Reihe von Lagern vor, in denen das Steineschleppen zu den geringeren Plagen gehörte, denen die Lagerinsassen ausgesetzt waren wegen ihrer Treue zur Partei und zum Führer, für die sie sich entschieden hatten. Auf diese Weise schien ihm, die tatsächliche Last des Steins ertragen zu können, der auf sein Kreuz drückte, sowie die anderen Misshandlungen, denen er pausenlos ausgeliefert war. Er hatte einen Weg gefunden, sich ein wenig Erleichterung zu verschaffen, indem er fiktive Geständnisse schrieb, in denen reale Menschen vorkamen. Diejenigen Lagerinsassen nämlich, die damit beschäftigt waren, mit einem gewöhnlichen Bleistift Erklärungen über eigene oder fremde staatsfeindliche Tätigkeiten aufzuschreiben, waren von allen anderen Verpflichtungen freigestellt. Manche von ihnen schrieben Geständnisse über mehrere Duzend Seiten. Man wisse zum Beispiel, dass der Gefangene Milan Vinković eine siebzig Seiten lange Erklärung darüber verfasst habe, wie es dazu gekommen war, dass er sich für das Kominform ausgesprochen hatte.

Während er mir davon erzählte, stieß Vater einen verächtlichen Laut aus und sagte: »Nur siebzig, das ist ja nichts! Ich hatte insgesamt hundertsiebzig dichtbeschriebene Seiten abgeliefert.« Das war mehr gewesen als nur sein persönliches Geständnis. Er hatte ausführlich über Menschen berichtet, die er kannte, und über solche, von denen er nichts wusste. Das war riskant, denn wie leicht hätte ein UDBA-Mann auf die Idee kommen können, zu überprüfen, ob seine Erklärungen in allen Einzelheiten stimmten. Mit anderen Worten, es bestand die Möglichkeit, dass Vaters Beschuldigungen wie ein Bumerang auf ihn zurückschlugen, was eine Verlängerung der Strafverbüßung oder spezielle Foltern im Lager nach sich gezogen hätte. Er schien unter einem glücklichen Stern geboren zu sein, denn im Unterschied zu den Personen, die er in seinen Petzereien erwähnte, wurde er von niemandem beschuldigt. Einer von ihnen war der Mann, der ihm nach der Ankunft auf der Nackten Insel geholfen hatte, den ersten Spießrutenlauf zu überleben. Vater hingegen hatte ihn äußerst böswillig bei dem Zimmeraufseher mit der erfundenen Geschichte angezeigt, der Betreffende flüstere nachts im Bett vor dem Einschlafen ein Gedicht über den großen Führer, den Genossen Stalin.

Ich fragte ihn, warum er mir nicht gleich gesagt habe, an wen ihn der Mann auf der Zemuner Promenade erinnerte. Hatte er Angst, der könnte ihn wiedererkennen und plötzlich den Wunsch verspüren, sich an ihm hier, am Donauufer, für das Böse zu rächen, das er ihm angetan habe?

»Ich habe dir nichts gesagt«, sagte Vater, »weil ich im ersten Augenblick nicht sicher war, ob es sich wirklich um ihn handelte. Nach allem, was ich über ihn wusste, musste er schon längst tot und unter der Erde sein. Außerdem, dachte ich, wenn er am Leben ist und wir uns schon einmal zufällig begegnet sind, ist es möglich, dass wir uns noch einmal begegnen, dann soll er mich als Erster wiedererkennen. Wenn er keine Lust dazu hat, will ich mich auch nicht zu erkennen geben. Sag, was würdest du an meiner Stelle tun?«

»Ich würde die Flucht ergreifen«, antwortete ich, »weil ich nicht glauben kann, dass er bereit wäre, dir auch weiterhin das zu vergeben, was du ihm angetan hast. Selbst das Erbarmen hat seine Grenzen.«

»Du bist ein seltsamer Mensch«, sagte Vater, »einerseits plädierst du für Liebe und Verständnis, andererseits drohst du mit Prügeln und Rauferei.«

»Ich hatte einen guten Lehrer. Was glaubst du«, fragte ich ihn, »von wem ich das gelernt habe?«

»Rede kein albernes Zeug«, sagte er, »sag mir lieber, was du, wenn dieser Mann mich erkennen und angreifen würde, tun würdest. Würdest du deinen Vater verteidigen?«

Ich versuchte mir diese Situation vorzustellen und malte mir aus, wie sich mein Vater hinter mir verbirgt, während sein Gegner, von kämpferischen Rufen seiner Gesinnungsgenossen angestachelt, auf uns losstürzt. Ich sah ihn immer näher kommen, die Augen aufreißen und seine Hände zu Fäusten ballen. Ich sah seine Eckzähne wachsen, seine Fingernägel wie scharfe Messerklingen glänzen, und obwohl ich nicht erschrak, wusste ich, dass ich kneifen und meinen Vater von mir wegschieben würde. Es gibt ein Maß dafür, wie weit die Liebe zum eigenen Vater der Versuchung, ihn zu verraten, widerstehen kann, und wird diese Schwelle überschritten, ist alles vergeblich. Ein Vater, der die Erwartungen seines Sohnes enttäuscht, kann nicht damit rechnen, dass dieser ihn ohne Weiteres verteidigt. Er kann natürlich versuchen, ihn von der Richtigkeit seiner Taten zu überzeugen, ja sogar die Schuld für alles in seiner eigenen Naivität zu finden, in seinem Unvermögen, Dinge zu verstehen, in seiner Unerfahrenheit mit den stürmischen Wellen der historischen Ereignisse, aber der Sohn, selbst wenn er bereit ist, ihn anzuhören und einige seiner zahlreichen Klagelieder über die Historie ernst zu nehmen, hat das Recht, seinen eigenen Weg zu gehen, wie sehr dieser sich auch von dem seines Vaters unterscheiden mag. Einfach gesagt, ich würde ihm nie das Recht absprechen, in einem bestimmten historischen Augenblick Entscheidungen zu treffen, aber genauso wenig würde ich ihn automatisch von der Verantwortung für die Folgen dieser Entscheidungen freisprechen.

»Ich muss zugeben«, sagte ich ihm bei einem unserer letzten gemeinsamen Spaziergänge, »es fiel mir nicht leicht, so mit dir zu sprechen. Eigentlich wäre es für mich noch viel schwerer gewesen, wenn du auf der Siegesstraße geblieben wärest. Dann hätte ich dir wirklich nichts verziehen. So aber, nach allem, was du im Straflager erlebt hast, denke ich manchmal, dass du schon genug für deine Sünden und Irrtümer gebüßt hast und meine Leviten nicht brauchst.«

Wir saßen auf einer Bank auf der Donaupromenade und warfen den Tauben, Spatzen und Möwen Brotstücke zu. Vater schwieg, bis er auch das letzte Stück trockenes Brot geworfen hatte, dann verzog er seine Lippen zu einem Lächeln.

»Natürlich«, sagte ich, »sobald ich sehe, dass sich dieses schlaue Lächeln auf deinem Gesicht ausbreitet, weiß ich, ich habe einen Fehler gemacht, habe etwas übersehen. Stimmt's?«

»Was für ein Vater wäre ich«, sagte er, »wenn ich meinem Kind alle Geheimnisse des Lebens und des Todes preisgeben würde? Die Kinder sollen von alleine hinter manche Dinge kommen. Ich hoffe, du stimmst mir darin zu.«

»Wahrscheinlich hast du recht«, erwiderte ich, »obwohl ich das, was du erzählst, nicht völlig akzeptieren kann, solange sich auf deinem Gesicht gleichzeitig ein derart selbstzufriedenes Lächeln breitmacht.«

»Das ist lediglich ein Problem der jungen Generation«, versuchte mein Vater ernst zu sein, was ihm jedoch nicht gelang. »Schlicht und einfach, ihr seid nie zufrieden.« Er bemerkte meine verdüsterte Miene und begann laut zu lachen. »Komm«, sagte er, »lass uns nach Hause gehen. Machen wir Schluss mit unserer Rechthaberei. Sonst komme ich noch auf die Idee, dass du mir bewusst diese heiteren Augenblicke schenkst, um mir dadurch mein Ende zu erleichtern.« Er schob meine Hand beiseite, die ich ausgestreckt hatte, um ihm beim Aufstehen zu helfen, und sagte: »Solange ich es allein schaffe, werde ich bestimmen, wann das Ende kommt.«

Das sprach er aus wie einer der schillernden Helden Shakespeares, einer von denen, die jederzeit bereit sind, die Mächtigen zu verraten, um sich selbst Macht zu sichern und damit deren Kontinuität zu gewährleisten. Sie müssen – dies sollte man gleich dazusagen – keine übernatürlichen Führerfiguren sein, so wie das auch mein Vater nicht gewesen war, denn den Fortbestand der Macht ermöglichen gerade die kleinen Leute, die kleinen Schrauben in der Maschinerie des Systems, die wissen, wie sie funktioniert, wie und wann man ein Teil davon ölen soll, damit der Motor nicht stehen bleibt und sich nichts Wesentliches ändert.

Mein Vater wäre damit wahrscheinlich einverstanden, denn er war, wie mir soeben klar wurde, gerade eine dieser kleinen Schrauben, ein gehorsames Schräubchen, dem man geschickt weisgemacht hatte, es sei das große Schwungrad, das den Wechsel der Epochen bewirken würde. Es ist natürlich auch denkbar, dass er gar nicht so über sich dachte und es ihm völlig genügte, sich als einen Revolutionär zu sehen, als den Träger der revolutionären Ideen, die die Welt endgültig verändern werden.

Genauso könnte man sagen, dass seine Krankheit die Revolution seines Geistes gegen seinen Körper war. Die Revolution frisst ihre Kinder, das ist hinreichend bekannt, aber bei seiner Krankheit könnte man sagen, dass die aufständischen Hirnzellen einträchtig in den Tod gehen, obwohl es allerdings unklar bleibt, warum. Wir können sie uns als Geschwader von Kamikazefliegern vorstellen, die bereit sind, ihr Leben zu opfern, damit der Körper, der sie wie ein mächtiger Flugzeugträger ins Leben eingeführt hat, langsam aber sicher zugrunde geht. Dieses Bild betont jedoch nur den wachsenden Missklang zwischen dem Menschen und seinem Geist, hilft aber gar nicht zu begreifen, wie es überhaupt dazu gekommen ist. Die Erklärung, die ich mir zurechtgelegt hatte, wonach Vaters Körper die Strafe für seine früheren Taten verbüßt, könnte man vielleicht einem Roman oder einem Drehbuch durchgehen lassen, nicht aber dem realen Leben. Und dennoch lebt er genau auf diese Weise und wirkt wie ein Mensch, der vom ganzen Weltall gesteinigt wird, weswegen sein Schicksal nur auf eine einzige Art und Weise gesehen werden kann oder vielleicht muss.

Na gut, dachte ich, geschieht ihm recht. Soll er selbst einen Ausweg finden, und wenn ihm das gelingt, werde ich mich leicht zu ihm gesellen. Letzten Endes bin ich nicht der, von dem erwartet wird, ihm zu vergeben. Das sollen andere tun, all die, die unmittelbar Schmerzen erlitten haben, die verletzt wurden, denen Gliedmaßen abgehackt oder deren Geist umnachtet wurde. Wie schön und ordentlich das doch klingt, nicht wahr? Ja, so ist das, solange man das Gewissen nicht berücksichtigt. Das Gewissen ist nämlich unberechenbar:

manchmal lässt es sich leicht in ein Spiel hineinziehen, in dem es dann die Hauptrolle übernimmt, aber manchmal ist es aufmüpfig, zu nichts nutze, das größte Hindernis für das Verstehen. Ich werde zum Beispiel nie dahinterkommen, wieso in einer bestimmten Situation das Gewissen nicht bei allen Beteiligten gleich reagiert. Bei manchen verschwindet es vollkommen, bei den meisten spielt es eine unwesentliche Rolle und nur bei sehr wenigen wird es dominant. Statt dem Menschen zu helfen und ihn davon abzubringen, sich an die Seite des Bösen zu stellen, zieht sich das Gewissen ganz zurück und lässt seine Seele allein auf dem freien Schussfeld der Geschichte.

Nichts von all dem, zumindest nicht auf diese Art, habe ich meinem Vater gesagt. Das soll nicht bedeuten, dass ich an seinem Gewissen zweifelte. Es ging um etwas anderes: Hätte ich ihm erlaubt, sein Gewissen ins Spiel zu bringen, hätte ich mir automatisch eine bedeutendere Rolle zugewiesen, genauer, ich hätte mich über meinen Vater gestellt. Dabei war es keineswegs sicher, dass ich in einer ähnlichen Situation nicht genauso gehandelt hätte wie er. Wie die meisten Menschen verbarg auch ich mich hinter der Mauer des Gewissens, hatte aber kaum Gelegenheit, dieses Gewissen auf die Probe zu stellen. Aber wenn ich genauer überlege, ist es so auch besser.

Vater hat sich indes auf eine drastischere Art selbst gerichtet. Eines Tages, nach einer Reihe von Tests, die das Fortschreiten seiner Demenz bestätigten, vertraute er mir an, er könne kaum erwarten, dass sich die Demenz seiner voll bemächtige. »Zu sein und doch nicht zu sein«, sagte er, »zu existieren und wiederum nicht, abwesend und dennoch anwesend zu sein … Jede dieser Möglichkeiten ist mir kostbarer als das, was das Gewebe des Lebens ausmacht. Irre sein, verrückt sein, sein wie eine Fensterscheibe oder ein Spiegel, auf den jedermann sein Bild kleben kann …«

Und so redete er stundenlang weiter, wobei er mich auf den Gedanken brachte, er habe wirklich den Verstand verloren, denn gibt es etwas Schlimmeres, dachte ich damals (und so denke ich auch jetzt noch), als wenn die Leere des Raums zur eigenen Leere wird? Und kann etwas tragischer sein, als die Tatsache, dass man sich nach so etwas sehnt, dass man darin ein Heil sieht? Darin kann man natürlich auch ein Eingeständnis der eigenen Niederlage sehen oder die Weigerung, mit der Wahrheit konfrontiert zu werden. Diese Gedanken fielen mir ein, als ich versuchte, den Lebensweg meines Vaters zu rekapitulieren. Da begriff ich, dass die einzig richtige Bilanz des eigenen Lebens die ist, die das vor Langem eingeschlafene oder verdrängte Gewissen wachrüttelt, selbst wenn es sich mit Schweigen oder mit Stille meldet. Manchmal sagt man mehr, wenn man nichts sagt.

Ich weiß nicht, ob mein Vater daran dachte, als er auf meine Frage antwortete, indem er den rechten Zeigefinger auf die trockenen Lippen legte. Damals befand er sich schon im Krankenhausbett und weigerte sich zu sprechen. Anstelle von Worten benutzte er seine Mimik und reduzierte Handbewegungen. Einmal spitzte er die Lippen, als wolle er mir einen Kuss schicken. Ein anderes Mal zwinkerte er so lange, dass mir der Gedanke kam »Er ist kaputtgegangen« und ich mit Daumen und Zeigefinger versuchte, seine Augenlider zu beruhigen. In den letzten Tagen begann er, seine Hände vor mir zu verstecken. Er schob sie unter das Kopfkissen oder unter seine Pobacken, ohne je zu erklären, was das zu bedeuten hatte.

Manche Geheimnisse sollten Geheimnisse bleiben.

Ich weiß nicht, welchen Tag wir heute haben, ich weiß nur, dass es sieben Uhr morgens ist und ich vollständig angezogen auf dem Bettrand liege und lausche. Aus dem Nebenzimmer ist nichts zu hören. Vielleicht hat mein Vater verschlafen, vielleicht sollte ich ihn wecken? Vielleicht ist er, während er sich anzog, gestolpert und liegt jetzt bewusstlos auf dem Boden? Tausendmal habe ich ihm gesagt, er solle mit dem Anziehen der Unterwäsche warten, bis ich ihm zu Hilfe komme. Tausendmal hat er mir versprochen, es zu tun, und trotzdem fand ich ihn später auf dem Boden, schäumend vor Wut, als sei ich schuld an dem Zustand, in dem er sich befand. Doch dann fällt mir ein, dass er gar nicht mehr in seinem Zimmer ist, dass sein Leben jetzt andere Personen bestimmen, die keine Lust haben, Zeit mit den Spielchen beim An- und Ausziehen zu verlieren, sondern ihm Windeln für Erwachsene anlegen und ihn dem Gestank des eigenen Sterbens überlassen.

Gelegentlich fühle ich mich schuldig gegenüber meinem Vater. Ich versuche, ihn mir als Opfer vorzustellen – Opfer des politischen Systems, Opfer der Umstände, Opfer eines falschen Glaubens –, aber dann fallen mir all die wirklichen Opfer ein, die seinen Lebensweg säumen, und ich weiß, weiß sofort, dass er ja keine Vergebung verdient. Das Einzige, woran ich glaube, ist, dass jeder die Verantwortung für seine Entscheidungen im Leben übernehmen muss, alles andere ist der Versuch, das System und die Ordnung zu umgehen, die zusammen die Struktur des Lebens ausmachen, das Netz, auf dem eine Spinne laufen kann, aber keine Fliege, die Fliege auf keinen Fall.

Den Vergleich mit der Spinne mochte Vater gar nicht. »Hättest du mich einen Blutegel genannt«, sagte er, »könnte ich das noch verkraften. Schließlich dienten früher die Blutegel zu medizinischen Zwecken, außerdem sind sie nicht giftig. Die Spinne hingegen, dieses Scheusal, hockt irgendwo im Dunkeln und wartet, bis man sich in ihrem Netz verstrickt hat und sich ihr wie auf einem Tablett selbst anbietet. Pfui! Wie konntest du dir so etwas ausdenken? Dein Vater ist doch kein Wesen der Dunkelheit. Er ist ein Mensch wie alle anderen und fühlt sich am wohlsten unter dem Schein der Sonne. Sag bloß, du seist anderer Meinung.«

»Natürlich nicht«, sagte ich, »aber das sind doch zwei verschiedene Paar Schuhe.«

Vater hielt inne, musterte mich kurz und sagte: »Vielleicht ist deine Sonne anders als meine?« Er wartete meine Antwort nicht ab, er wusste, dass er keine richtige Antwort bekommen würde. Seine kleinen sarkastischen Bemerkungen brachten mich immer aus dem Konzept, in solchen Situationen konnte ich nur hinter ihm her dackeln, vergebens etwas in den Bart murmeln und tief in meiner Kehle die Bitterkeit der Niederlage spüren.

Einmal sprach ich darüber mit meiner Schwester, und sie machte mir schwere Vorwürfe. Sie wisse nicht, was ich eigentlich von der ganzen Geschichte mit Vater und mir erwarte, wisse aber, wie sie behauptete, dass ich alles als persönlichen Erfolg oder Niederlage erleben würde. Ob ich denn geglaubt habe, frage sie sich, dass sich unser Vater durch die Güte, die ich ihm zweifellos erwies, verändern, das Ausmaß seiner Bosheit erkennen und wenigstens ein bisschen, wenigstens um eine Nuance besser würde als zuvor?

Solle das also bedeuten, fragte ich sie, dass uns wie den Familien aus uralten griechischen Mythen vorgegeben sei, die von vornherein festgelegten Rollen nur zu wiederholen, und dass uns keine dieser Wiederholungen eine wirkliche Veränderung bringe? Übrigens, wenn ich es mir recht überlege, sagte ich zu meiner Schwester, wolle ich nie wie einer der griechischen Helden sein, denn die mussten ihren Vater oder ihre Mutter töten, um in der gegenwärtigen Zeit, der Zeit außerhalb der Mythen, weiter existieren zu können, ich aber, sagte ich, hätte nie, nie meinen Vater töten können, egal welche Untat er begangen habe.

»Ich verstehe dich vollkommen«, sagte meine Schwester. »Besser gesagt, ich glaube, dich zu verstehen, denn diese mythischen Morde kapiere ich auch nicht. Da sie symbolisch sind, weil die Zeit der Mythen nie eine reale war, warum müssen die Morde, die sich in der Wirklichkeit wiederholen, real sein? Warum müssen wir den wirklichen Vater und die wirkliche Mutter töten, warum genügt es nicht, den Vater oder die Mutter in uns zu töten? Auf diese Weise könnte man tun, was der Mythos von einem erwartet, wäre aber kein Verbrecher im eigentlichen Sinn des Wortes. Was meinst du dazu?«

Ich sah sie an. Sie war rot im Gesicht und atmete hektisch, als hätte sie soeben diese Morde begangen. Nichts ist so reinigend wie der Gedanke an den Tod, egal um wessen Tod es geht. »Schon gut«, sagte ich und tätschelte ihre Hand, »mach dir keine Sorgen. Würdest du jemanden in dir töten, könnte man das auf keinen Fall als ein Verbrechen ansehen. Übrigens, soeben hast du mich darauf gebracht, an eine weitere Möglichkeit zu denken: sich selbst in sich zu töten … Wie siehst du das?«

Meine Schwester schwieg eine Weile und sagte dann: »Wie ich das sehe? Ist das nicht die perfekte Beschreibung von Vaters Auseinandersetzung mit dem Tod? Tötet man sich selbst in sich, hat man eigentlich alle anderen und alles andere getötet. Meinst du, unser Vater hat das begriffen?«

»Ich glaube, er war schlau genug, diesen Gedanken

nicht außer Acht zu lassen. Alles in allem«, sagte ich mit einem Seufzer, »kann man sagen, dass wir wie naive Schulanfänger darauf hereingefallen sind.«

»Wieso?«, fragte meine Schwester, die offensichtlich mit diesen vielen möglichen Toden überfordert war.

»Wir sind gestorben«, sagte ich, »dabei hätten wir weiterleben sollen! Wir haben unserem Vater erlaubt, uns dazu zu bringen, zu tun, was er wollte, und gleichzeitig zu glauben, etwas zu tun, was er nicht wünschte. Vater«, rief ich aus, »ach Vater, dieser lustige Manipulator, trieb mit uns das Spiel seines Lebens und genießt jetzt den neuerworbenen Status einer dementen Person, der ihm ermöglicht zu wählen, mit wem er kommunizieren will, und für keine Folgen seiner Taten oder Worte für schuldig erklärt zu werden.«

»Ich bin mir nicht sicher, ob du recht hast«, sagte meine Schwester und ging ins Badezimmer weinen.

Vaters Arzt, der Neurologe Dr. Stanković, teilte meine Meinung ebenso wenig. »Nach Ihren Worten hat Ihr Vater sich bewusst für die Demenz entschieden und ist an ihr erkrankt. Ich erinnere mich nicht, etwas Ähnliches je gehört zu haben.«

»Ich auch nicht, aber wenn wir beide etwas nicht wissen, muss das doch nicht bedeuten, dass eine solche Entwicklung unmöglich ist, meinen Sie nicht auch?«

Wie auch immer, sagte ich, die Dinge hätten sich plötzlich geändert, er habe begonnen verschiedene Halluzinationen zu haben und von ihnen zu berichten, überraschend – mitten im Wort und zu jeder Tageszeit – in Schlaf zu versinken, sich immer unsicherer zu bewegen, oft vor tatsächlichen oder eingebildeten Hindernissen auf der Stelle »festzufrieren«. So sei es tagsüber, nachts noch schlimmer: Von entsetzlichen Schreien geweckt, stürme ich in sein Zimmer, wo mich sein verstörter Blick erwarte, seine Weigerung, mich wiederzuerkennen, seine Angst und sein Ekel vor meinen Berührungen und meinen Beruhigungsversuchen.

»Es ist undenkbar, dass er all das einstudiert hat«, sagte ich zu seinem Arzt Dr. Stanković, der nachdenklich nickte und zum wer weiß wie vielten Mal in den Befunden und Gutachten anderer Ärzte blätterte. »Ich bin Ihrer Meinung«, sagte er schließlich, »es bleibt jedoch unklar, wie er so schnell den Weg der Demenzentwicklung durchlaufen konnte.«

»Weil er es so wollte«, sagte ich.

»Weil er es so wollte?«, wiederholte der Arzt. »Nirgendwo in der Literatur bin ich auf einen ähnlichen Fall gestoßen.«

»Was nicht heißt«, fügte ich schnell hinzu, »dass es solche Fälle nicht gibt. Wer weiß, wie viele solche Patienten unter einem anderen Stichwort geführt wurden, weil die Ärzte kein Interesse daran hatten, ihren tatsächlichen Zustand festzustellen.«

»Langsam«, sagte der Arzt, »ganz ruhig. Sie gewinnen nichts dadurch, dass Sie das medizinische Personal beschuldigen, sich um solche Patienten schlecht zu kümmern. Eigentlich sollte ich Sie fragen, um wie viele Kranke es geht, wie viele Männer und wie viele Frauen unter ihnen sind, ob man bei ihnen einen Einfluss des Wetters und der Außentemperatur festgestellt hat.«

»Ich weiß, was ich weiß«, sagte ich, »und niemand kann mich vom Gegenteil überzeugen, aber ich will auch keinen vom Gegenteil überzeugen, am wenigsten meinen Vater und die Ärzte, die sich um ihn kümmern. Fest steht nämlich, dass ich nicht mehr imstande bin, allein auf ihn aufzupassen, und deshalb keine Wahl habe. Sagen Sie mir lediglich, wann ich ihn zu Ihnen bringen kann. Ich werde ihm meinerseits erklären, es handele sich um routinemäßige Untersuchungen, denn wenn ich ihn nicht auf diese Weise beruhige, könnte er ihre ganze Abteilung kurz und klein schlagen.«

»Ich danke Ihnen für Ihre Warnung«, sagte Dr. Stanković, »allerdings treffen wir immer umfangreiche Vorkehrungen.« Er setzte an, noch etwas zu sagen, aber ich brachte ihn mit einer Handbewegung zum Schweigen, weil ich nichts über diese Vorkehrungen wissen wollte, denn ich konnte mir gut vorstellen, wie sie aussahen. Ich verabschiedete mich von dem guten Doktor und verließ sein Zimmer. Mutterseelenallein, auf einem Stuhl in einer Ecke des Korridors, wartete mein Vater. Ich breitete die Arme aus und ging auf ihn zu, wobei ich bedauernd den Kopf schüttelte. Er wartete ab, bis ich ganz nahe war, dann sagte er: »Ich habe es gewusst.«

»Was denn?«, fragte ich.

»Ich habe gewusst, dass du mich nicht liebst.«

Seine Worte brannten wie der Hieb einer siebenschwänzigen Peitsche und lähmten mich mitten in der Bewegung. Ich blieb über ihn gebückt stehen, während in meinem Kopf der Anfang meiner Antwort schwirrte: »Ach, wenn das nur eine Frage der Liebe wäre«, doch unmittelbar danach erreichten mich die Worte, die ich tatsächlich ausgesprochen hatte: »Ja, mein Alter, es wäre schön, wenn es nur um die Liebe ginge.«

»Was soll jetzt dieses ›mein Alter‹? Seit wann bin ich für dich ›mein Alter‹, von wem hast du das überhaupt?« Er stand auf, wahrscheinlich wollte er eine drohende Haltung annehmen, aber bucklig wie er war, mit hängenden Schultern und dem faltigen Hals, sah er vielmehr wie ein großer Plüschbär aus, der seine warme Umarmung im Tausch gegen die Beendigung seiner Qualen anbietet.

Auf jeden Fall hielt ich inne.

Er brach in Lachen aus. »Was ist, mein Kleiner«, spottete er, »Schiss gekriegt, was? Du glaubst doch wohl nicht, dass ich über mein eigenes Kind herfallen würde?«

»Ich weiß es nicht«, sagte ich. »Bei all dem, was ich jetzt über dich weiß, kann ich nur sagen, dass ich alles für möglich halte, auch das.«

Ich hatte ihn verletzt, ich merkte, dass ich ihn verletzt hatte, aber es war mir nicht mehr möglich, mich zu bremsen. Während ich diesen Satz sprach, begann er ungläubig den Kopf zu schütteln, und als ich ihn beendet hatte, schüttelte er ihn weiter, immer mehr, immer schneller, als wollte er nie mehr damit aufhören. Ich ging auf ihn zu, packte ihn bei den Schultern, zwang ihn, sich auf den Stuhl zu setzen und stürmte dann ins Zimmer von Dr. Stanković. Dem wollte ich etwas sagen, brachte jedoch kein Wort heraus und konnte ihn nur noch auf den Korridor zerren. Am Ende des Korridors, auf dem Stuhl, auf den ich ihn gesetzt hatte, saß mein Vater, ruhig lächelnd, als hätte er gerade ein Stück seines Lieblingskuchens, ein Stück Mohnstrudel, verdrückt.

Während ich keuchend versuchte, Dr. Stanković zu erklären, was passiert war, spürte ich seinen Blick auf mir, einen Blick, der besagte, er würde auch mir gern eine Therapie verpassen. Stattdessen drückte er kurz meinen Oberarm und ging auf meinen Vater zu, sagte ihm leise etwas, was ihm ein Lächeln entlockte, dann fühlte er seinen Puls, berührte mit der Hand seine Stirn und sagte ihm wieder etwas leise, schaute jetzt aber in meine Richtung, worauf Vater zu ihm kaum hörbar sagte: »Aber wer ist das?«

Von diesem Augenblick an war mein Gedächtnis äußerst unzuverlässig. Sowohl mein Vater als auch sein Arzt behaupteten nämlich, er habe das nicht gesagt, das sei alles nur die Frucht meiner, wie Dr. Stanković sagte, »überforderten Fantasie« beziehungsweise meiner, wie mein Vater betonte, »erschöpften Fantasie«. Im Unterschied zu ihnen bedeutete dieses Ereignis für mich den Anfang vom Ende, den Anfang vom Zuschlagen der Krankenhaustüren, hinter denen Patienten wohnten, die dazu verurteilt waren, jeder in seiner eigenen Welt zu leben.

»Fein«, sagte der Arzt, »wir haben Folgendes vereinbart: Ihr Vater wird einige Tage bei uns bleiben, drei oder vier, jedenfalls so lange, wie es nötig ist, alle Aspekte seiner Krankheit zu überprüfen. Danach«, und er sah mich an, »kehrt er zu Ihnen zurück und Sie verpflichten sich, jede Veränderung im weiteren Fortschreiten seiner Krankheit gelassen hinzunehmen.«

Das war am Freitagvormittag. Am Nachmittag kam ich mit Vaters Kulturbeutel, Pantoffeln und einem Schlafanzug, einer Schachtel Kekse und einem Krimi. Die Krankenschwester, die all das in Empfang nahm, ließ mich ihn nicht sehen.

Am Samstagabend klingelte das Telefon, und eine aufgeregte Männerstimme verlangte, mit meinem Vater zu sprechen.

»Mit wem spreche ich?«, fragte ich.

Die Verbindung brach kurz darauf ab.

Am Sonntagvormittag meldete sich dieselbe Stimme wieder und sagte, sie rufe aus dem Krankenhaus an und es sei ihr äußerst unangenehm, mir mitteilen zu müssen, dass mein Vater verschwunden sei. Er sei schon am Freitagabend nicht mehr da gewesen, aber man habe mich nicht beunruhigen wollen, ehe nicht alle Einzelheiten festgestellt seien.

»Und was haben Sie festgestellt?«, fragte ich.

»Nichts«, sagte die Stimme und fügte hinzu, dass es sich um ein großes Rätsel handele.

Am Montag wurde der ganze Fall der Polizei übergeben.

Am Dienstag durchsuchten die Polizisten gründlich unsere Wohnung. Sie fanden nichts, was die Ermittlungen vorangebracht hätte.

Heute ist Mittwoch. Ich liege vollständig angezogen im Bett. Ich liege und lausche. Wenn ich mich gut konzentriere, höre ich deutlich: Mein Vater atmet, mein Vater schluchzt.

David Albahari
Das Tierreich
Roman
Aus dem Serbischen von Mirjana und Klaus Wittmann
160 Seiten. Gebunden. Lesebändchen
ISBN 978-3-89561-428-6

Vier junge Männer finden scheinbar zufällig während ihres Militärdienstes bei der Jugoslawischen Volksarmee zueinander. Ihr Anführer Dimitrije Donkić gibt allen Tiernamen und nennt seine Gruppe das »Tierreich«. Was anfänglich harmlos aussieht, ändert sich, als Miša dazu stößt: Er war maßgeblich an den Studentenunruhen in Belgrad 1968 beteiligt, aber das weiß nur der Tiger. In Aufzeichnungen, die dieser hinterlässt, um einen Mord zu ergründen, treibt ihn die Frage um, ob und von wem Miša enttarnt wurde. Seine eigene Rolle in dem tödlichen Spiel wird dem Tiger zunehmend unklar, und bald verliert er als Autor der Geschichte jegliche Gewissheit. Der Protest der Studenten scheint manipuliert und der Sieg der Mächtigen unaufhaltsam: »Alles bestätigte endgültig, dass die Zukunft nicht mehr das war, was sie früher war, und dass selbst die Vergangenheit nicht ganz sicher vor Veränderungen sein konnte.« In der Tradition abgründig kommentierter Texte von Nabokovs *Fahlem Feuer* bis Ecos *Der Name der Rose* erzählt David Albahari vom verführerischen Sog des Bösen.

»Mit welcher Kunstfertigkeit konstruiert! Das ist ein schwarzer, funkelnder Diamant, das kann an das Beste von Nabokov heranreichen. Ein postmodernes Juwel.«
Denis Scheck, *ARD lesenswert*

»David Albahari aber beweist auch mit diesem Buch, was für ein großartiger Romancier er ist.«
Marko Martin, *Die Welt*

»Ein Autor von Weltliteratur. Ein komplexer, knapper Roman. Geschliffene, stringente Erzählweise.«
Insa Wilke, *WDR 3*

»Albaharis kristalline Prosa, die seine Übersetzer Mirjana und Klaus Wittmann auch hier in ein glänzendes Deutsch brachten, funkelt vor Zweideutigkeit.«
Lothar Müller, *Süddeutsche Zeitung*

»Alle Bücher David Albaharis (…) sind Vexierspiele der Existenz. (…) Der Mensch steht nicht vor einem Abgrund, er ist der Abgrund.«
Jörg Plath, *Deutschlandradio Kultur*

»In der Parteiendiktatur unterliegt auch die Geschichtsschreibung dem immer bewegten Linienkampf.«
Elke Schmitter, *Der Spiegel*

»Um Politik und Zufall geht es in dieser feingesponnenen Intrige, um Freundschaft, Feigheit und Verrat.«
Badische Zeitung

»Nichts ist sicher in diesem Roman. Bis zuletzt. Die Verstörung ist bei Albahari Programm.«
Nicola Steiner, *SRF*

»Albahari könnte keine konkretere Geschichte schreiben (…) – die zugleich weiter über sich hinaus in unser aller Leben ragte.«
Judith von Sternburg, *Frankfurter Rundschau*

»Der Schriftsteller spielt mit täuschenden Perspektiven und Mehrdeutigkeiten. Sie sind allerdings nie eitler Selbstzweck, sondern entspringen seiner Skepsis gegenüber einem wahrheitsheischenden Anspruch der Sprache.«
Ursula Escherig, *Der Tagesspiegel*

»Der Leser erlebt die Konstruktion von vermeintlicher Wahrheit im Prozess des Erzählens. (…) Nie kann man sich sicher sein, was wirklich war und (…) warum es war.«
Guy Helminger, *Luxemburger Tageblatt*

David Albahari
Kontrollpunkt
Roman
Aus dem Serbischen von Mirjana und Klaus Wittmann
184 Seiten. Gebunden. Lesebändchen
ISBN 978-3-89561-426-2

Eine Gruppe von Reservisten wird nachts zu einer einsamen Schranke im Wald gebracht und dort alleingelassen. Keiner von ihnen weiß, was und wen sie an dem Kontrollpunkt beobachten, gegen wen und warum sie kämpfen sollen. Die namenlosen Soldaten wissen nicht einmal, ob der Krieg noch andauert. Ohne Kontakt zur Außenwelt sind sie allein ihrem Kommandanten unterstellt.
In dieser kafkaesken Situation kommt es zu merkwürdigen Begegnungen mit Flüchtlingen, mit einer Meute von Kriegsberichterstattern, zu Orgien und Massenvergewaltigungen sowie zu mysteriösen Morden. Am Ende bleibt nur der Kommandant übrig. Doch nachdem er eben noch in einer Baumkrone ausgeharrt hat, findet er sich plötzlich in seiner Wohnung wieder, wo er über den Bildschirm in ein Gespräch mit der Moderatorin einer Reality Show verwickelt wird.
Eindringlicher als reale Berichte über Kriegsgräuel vermittelt *Kontrollpunkt* auf schaurig-komische Weise ein Gefühl von der Sinnlosigkeit des Krieges, der Verlorenheit des Einzelnen und der Entmenschlichung der Gesellschaft.

»Eine große Kakofonie, die auf grotesk-komische Weise alles vereinigt, was Literatur an Lächerlichem und Erhabenem, an Schönem und Schrecklichem, an Subtilem und Exaltiertem birgt.«
Andreas Breitenstein, *Neue Zürcher Zeitung*

»Seit zwanzig Jahren schreibt David Albahari absatzlose Romane. Als schmale Fragmente (...) fügt er sie (...) zu einem der bedeutendsten Prosawerke in der europäischen Gegenwartsliteratur.«
Lothar Müller, *Süddeutsche Zeitung*

David Albahari
Mutterland
Roman
Aus dem Serbischen von Mirjana und Klaus Wittmann
192 Seiten. Gebunden. Lesebändchen
ISBN 978-3-89561-427-9

»Ich habe keine Heimat mehr, bin ohne Mutter geblieben, es fehlt nur noch, dass auch die Sprache verschleißt, dann habe ich alles verloren.«
Der große serbische Romancier David Albahari erzählt seine authentische Familiengeschichte: Im wechselvollen Leben seiner Mutter spiegeln sich die Geschicke seines vom Krieg gebeutelten Landes. Ihrem ersten Mann zuliebe zum jüdischen Glauben übergetreten, muss die aus Bosnien stammende Serbin mit ihm und ihren beiden Söhnen während des Zweiten Weltkriegs aus dem faschistisch regierten Kroatien fliehen. Doch auch in Serbien ist die Familie nicht sicher, ihr Ehemann wird von der deutschen Besatzungsmacht deportiert und erschossen. Nach dem Tod ihrer Söhne lernt sie ihren zweiten Mann kennen, einen Juden, der seine Familie verloren und ein deutsches Gefangenenlager überlebt hat. Als sich in den neunziger Jahren das Unglück des Balkans zu wiederholen scheint, verliert sie jeglichen Lebensmut. Nach dem Tod der Mutter hört der Erzähler die Tonbänder ab, auf denen sie ihre Geschichte festgehalten hat, und setzt sich so mit Schmerz, Exil und den übermächtigen Auswirkungen des Krieges auseinander.

»Die anfangs noch milde Ironie, die den Roman grundiert, wird immer beißender. Was am Ende bleibt, ist ein Stück Weltliteratur.«
Jochen Schimmang, *Deutschlandfunk*

»David Albahari ist mit seinem autobiographischen Roman ein philosophisches, hochpoetisches Kunststück gelungen.«
Jörg Magenau, *Frankfurter Allgemeine Zeitung*

»Wir verneigen uns mit dem Autor vor einer starken Frau.«
Harald Loch, *Jüdische Allgemeine*

David Albahari
Der Bruder
Roman
Aus dem Serbischen von Mirjana und Klaus Wittmann
176 Seiten. Gebunden. Lesebändchen
ISBN 978-3-89561-425-5

Wer ist der Verfasser des geheimnisvollen Briefs, durch den schlagartig alles aus den Fugen gerät? Das fragt sich Filip, der allein in einer zugestellten Wohnung lebt und sich in seinen Memoiren einen Verlierer nennt. Ist der Absender ein Betrüger oder wirklich der in Argentinien verschollene Bruder, von dem Filip bisher nichts ahnte? Ein Treffen im »Brioni« soll dieses Rätsel lösen. Doch Filips einstige Stammkneipe ist ebenso wie bald sein ganzes Leben nicht mehr wiederzuerkennen. Früher, nach dem Tod der Eltern und der Schwester, betrank er sich hier an unzähligen Abenden unter ruppigen Kellnern und wortkargen Kumpanen. Daran ist in dem so ganz anderen Ambiente nicht mehr zu denken, erst recht nicht, als der vermeintliche Bruder auftaucht.
Der Balkan hat sich verändert und ist doch erschreckend gleich geblieben wie der große serbische Romancier David Albahari mit diesem fantastischen Aufeinandertreffen klarmacht.
Eine schmerzhafte Parabel, eine fulminante literarische Identitätssuche voller schwarzem Humor.

»Irrwitz und Trauer, Panik und Slapstick, Brutalismus und Feinsinn, (Selbst-)Ironie, Nonsens und tiefere Bedeutung geraten zu einem funkelnden Amalgam.«
Andreas Breitenstein, *Neue Zürcher Zeitung*

»Hervorragend aus dem Serbischen übersetzt von Mirjana und Klaus Wittmann, ist dieser Roman eine doppelte Identitätssuche, der keine Absätze, aber viel schwarzen Humor kennt.«
Michael Guggenheimer, *St. Galler Tagblatt*

David Albahari

Die Kuh ist ein einsames Tier

Kurze Geschichten und dauerhafte Wahrheiten über Liebe, Traurigkeit und den ganzen Rest

Aus dem Serbischen von Mirjana und Klaus Wittmann

144 Seiten. Gebunden.

ISBN 978-3-89561-515-3

In David Albaharis neuen Geschichten leuchtet die literarische Essenz eines ganzen Werkes auf. Eine Geschichte auf kürzeste Weise erzählen, mit so wenig Worten wie möglich, nicht als Tribut an das Schweigen, sondern als Beispiel für die Kraft der Sprache: das ist die Absicht hinter diesen Texten, die David Albaharis ganze Bandbreite und sprachliche Eleganz zeigen. Ob sie geprägt sind von Absurdität oder bitterer Komik, Melancholie oder Schalk – immer ist ihnen eine atemberaubende Prägnanz zu eigen. Reduziert auf ein oder zwei zentrale Bilder, entfalten sich die Geschichten in der Phantasie des Lesers zu voll ausgearbeiteten Panoramen seiner Wahl: rätselhaft und taghell zugleich. Geschrieben in der Tradition eines Franz Kafka, Thomas Bernhard oder Daniil Charms, können diese Geschichten in Minuten gelesen werden und bleiben doch lange im Gedächtnis.

»Eine metaphysische Wundertüte, die überquillt von Szenen und Einfällen. (…) Und am Ende steht man als Leser erleuchtet und ziemlich abgebrannt da.«
Andreas Breitenstein, *Neue Zürcher Zeitung*

»Worum geht es? (…) Um den Glanz, der mit einem Mal auf unscheinbaren Gegenständen liegt; um die Sprache und das Schreiben, das Verstummen und das Erzählen.«
Karl-Markus Gauß, *Süddeutsche Zeitung*

»Albahari findet einen ganz eigenen Ton: Traumverloren und lakonisch verrätselt, kippen [die Geschichten] vom Gewöhnlichen unversehens ins Bedrohliche und Verstörende.«
Frankfurter Allgemeine Zeitung